AtV

Mario Wirz, geboren 1956 in Marburg an der Lahn, wuchs in Frankenberg auf. Nach dem Abitur Schauspielausbildung in Berlin, Engagement an der Vagantenbühne in Berlin. 1981 bis 1984 Jugendtheater Kiel, danach Autor, Regisseur und Schauspieler bei verschiedenen Projekten, seit 1988 als freier Schriftsteller in Berlin.

Werke: Und Traum zerzaust dein Haar. Nachtgedichte (1982); All die vielen Nachtschritte. Gedichte ohne Illusionen (1984); Es ist spät, ich kann nicht atmen. Ein nächtlicher Bericht (1992); Ich rufe die Wölfe (Gedichte, 1993); Biographie eines lebendigen Tages (1994); mehrere Theaterstücke.

Mario sitzt auf dem Sofa und wird nicht verrückt. Seit fünf Jahren überlebt er sich selbst, seit fünf Jahren schickt ihn der Virus in die Schule der Ängste. Mario liegt im Käfig seines Zimmers und gibt sich schlechte Noten für sein Leben: Eine Sechs für Erfolglosigkeit. Eine Sechs für krankhaftes Zärtlichkeitsbedürfnis. Eine Sechs für neurotische Unselbständigkeit. In ihm steckt der tödliche Muttergroll, in ihm steckt die lebenslange Vatersehnsucht, und in ihm hockt der verpickelte Junge und weigert sich, erwachsen zu werden. Mario leidet sich um Kopf und Kragen. Mario stolpert durch die Neuköllner Männerwildnis und wartet auf einen Anruf. Mario hat seine Lektion gelernt und hält aus, was nicht auszuhalten ist.

»Wie Mario Wirz hier seine eigene Erfahrung mitteilt, ist eine außerordentliche Leistung.« *Ernst Jandl*

»Dieser nächtliche Bericht ist bestürzend unmittelbar, manchmal rührend, manchmal zynisch. Die brutale Wahrheit dieser Geschichte läßt den Leser nicht kalt.«
Detlef Grumbach, Deutschlandfunk

Mario Wirz

Es ist spät, ich kann nicht atmen

Ein nächtlicher Bericht

Aufbau Taschenbuch Verlag

Dieses Buch entstand mit Hilfe
der Berliner Künstlerförderung

ISBN 3-7466-1039-7

1. Auflage 1994
Aufbau Taschenbuch Verlag GmbH, Berlin

Umschlaggestaltung Bert Hülpüsch,
unter Verwendung eines Fotos von BOA Groningen
Druck Elsnerdruck, Berlin
Printed in Germany

A.W.B. gewidmet

»Die eigentliche Geschichte aber bleibt unerzählt, denn ihre wahre Sprache könnte nur die Sprachlosigkeit sein.«
Natascha Wodin

Ich finde keine Schafe mehr auf der Weide meiner Nacht. Kein einziges Lämmlein, das ich schlafhungrig zählen könnte. Der Viruswolf hat sie in fünf Jahren aufgefressen. Ein Schaf nach dem anderen. Mahlzeit für eintausendachthundertfünfundzwanzig Nächte. Morpheus ist ein launenhafter Hirte. Auch diese Nacht feiert er seine Schäferstunden mit anderen. Warum auch sollte er den geilen, infizierten Bock umarmen, der jetzt schlaflos auf dem Bett liegt und buchhalterisch seine T-Helfer-Zellen zählt? Von eins bis vierhundertzwanzig. Vor einem Jahr noch verfügte mein Immunsystem über eine stolze Armee von sechshundertachtzig Widerstandskämpfern. Mein Viruswolf ist gefräßig. Von eins bis vierhundertzwanzig. Und wieder von vorne. Närrischer Zahlenzirkus. Vor meinem Fenster schneit es schwarzweiß. Die fallenden Schneeflocken sind meine fallenden T-Helfer-Zellen. Vielleicht habe ich jetzt nur noch vierhundert oder dreihundertneunzig. Hysterische Zahlenakrobatik.

»Du mußt kämpfen und Zeit gewinnen. Ich bin sicher, daß sie demnächst ein Mittel finden«, sagt Jan, der meine Alpträume nicht länger ausgehalten hat. Meine Nacht ist nicht seine Nacht. Jetzt schläft er an der Seite von Rolf, der dreiundzwanzig Jahre alt ist und ohne Stottern von der Zukunft sprechen kann. Mit blonden Sätzen, die sich nicht plötzlich verdunkeln und ins Bodenlose abstürzen. Jan hat mich im Stich gelassen.

Wehleidigkeit sitzt mir im Kopf und färbt jeden Gedanken. Ich will sie nicht, diese Bitterkeit, die mir aus allen Poren strömt. Lieber Vasen gegen die Wand schmeißen als diese passive Weinerlichkeit, die meinem Käfig immer wieder die gleichen Sätze diktiert. Ich bin dazu verdammt, Jan zu verstehen. Seine Panik. Seine Fluchten.

Ich bedrohe Jan, und er flüchtet zu denen, deren Sterblichkeit weniger aufdringlich in die Augen springt. Wenn Jan mich umarmt, umarmt er seine Angst. Ich verstehe Jan, aber mein Verständnis ist die Hölle. Feuer und Eis. Ich verbrenne, wenn ich einatme, und ich erfriere, wenn ich ausatme. Eiszapfen wachsen mir ins Herz, das aufsässig um sich schlägt. Von eins bis vierhundertzwanzig.

Das kleine Einmaleins der Hoffnung, die schwerer lastet als die Angst. Ich bin der Hoffnung müde. Ich bin es müde, immer wieder eine optimistische Pose auszuprobieren, um auszuhalten, was nicht auszuhalten ist. Ich bin der verlogenen Durchhalteparolen müde, mit denen ich mich morgens zum Tag verurteile. Aufstehen! Laß dich nicht hängen! Nimm dich zusammen! Weitermachen! Kopf hoch! Ich bin der vielen Vitamine müde, die ich gnadenlos in mich stopfe. Eine Kiwi, ein Glas Karottensaft, sicherheitshalber noch eine Multivitaminkapsel, und ich fühle mich kräftig genug, um einen Baum auszureißen, den ich nie gepflanzt habe. Alles tun, um mich stark genug zu fühlen, mir und den anderen einen Bären aufzubinden. Tägliche Komödie der Zuversicht. Wenn es dunkel wird, hilft nur das Vitamin A wie Alkohol. Der keusche Karottensaft des Morgens verbindet sich brüderlich mit den lasterhaften Flüssigkeiten des Abends. Natürlich bin ich kein Alkoholiker. Ich trinke nur ein bißchen regelmäßig, um die Gespenster in meinem Kopf zu beschwichtigen. Ich bin es müde, müde zu sein. Von eins bis vierhundertzwanzig. Ich liege schlaflos in meinem Bett, und das Bett wird zum Schiff, das untergeht in meinem Sturm.

Meine T-Helfer-Zellen fallen, und ich falle, tiefer und tiefer, bis mich auf dem Grund meines Nachtmeeres ein Mann auffängt, der mit mir zusammen, Seite an Seite, gegen den Strom schwimmt. Einen Augenblick atmen wir zusammen, auch in die fünfte Himmelsrichtung, dann verschwindet mein imaginärer Gefährte, und das Meer spuckt mich wieder in meine Nacht.

Mein Pathos rettet mich nicht. Das Bett bleibt im Zimmer, und ich bleibe im Bett. Nichts hat sich verändert. Unerbittlich beharren die Dinge auf ihrem Platz. Das Sofa. Der Schreibtisch. Der Stuhl. Das Regal. Das rote Tastentelefon. Rotgepanzerte Schildkröte. Niemand reißt mir das Herz aus dem Leib. Es bricht auch nicht. Redlich schlägt es sich durch die Nacht. Das ist alles. Schnell dichte ich mich vom ersten Stock in den vierten Stock und springe aus dem Fenster. Eine schöne Leiche für Jan, der Tod und Leidenschaft nur in der Oper liebt. Das hohe C meiner Todesangst ist nicht abendfüllend. Jan schwärmt für die Alpträume von Wagner. Ich werde ihm ein Operndrama aus Neukölln widmen. Aus dem ersten Stock meiner kleinen Hinterhofwohnung im linken Seitenflügel. Da capo für eine schöne Leiche! Meine Wut ist eine Metapher, die ich mir selbst nicht glaube. »Vielleicht bin ich auch positiv. Ich will es nicht wissen«, sagt Jan und streut Konfetti auf die Bombe.

Hat mich der Virus etwas Neues gelehrt? Was habe ich gelernt in der Schule meiner Ängste? Auch ich will nichts mit dem Tod zu tun haben. Weg von mir und dieser Nacht und diesem Zimmer. Den Gefangenen hinter mir lassen, der auf dem Bett liegt und von Jan träumt. Aufstehen und verhindern, daß das Licht in meinem Kopf ausgeht. Mein Körper gehorcht mir und schlüpft brav in die lange Unterhose, die griesgrämig auf meine Gesundheit aufpaßt. Ich kann mir weder Eitelkeiten noch Erkältungen leisten. Erleichtert verschwindet die Unterhose in den Cordjeans. Den schwarzen Nickipullover hat mir Jan geschenkt, aber ich verbiete mir ausführliche Erinnerungen. Die Zentralheizung aufdrehen und dankbar sein, daß meine Einzimmerwohnung mit OH vor drei Jahren saniert wurde. Die anderen Mieter ließen ihre Öfen rausreißen, um Raum zu schaffen, aber mein Ofen blieb an seinem Platz. Wie alles andere auch. Seit fünf Jahren habe ich Angst vor Veränderungen. Ich klammere mich an Vertrautes, als könnte ich dadurch die feindliche Zeit einschüchtern. Auch mein kalter Ofen neben dem Bett erzählt mir eine Geschichte, die von Jan und mir handelt und all den vielen Nächten, in denen wir zusammen einschliefen, aber ich höre nicht zu. Ich könnte in meine Schwulenbar um die Ecke gehen und mich vollaufen lassen. Mit den anderen Nachtvögeln die Flügel hängen lassen und mir einen anzwitschern. Ich könnte meinen Vorrat an Kondomen plündern und auf die nächste Klappe rennen, um den üblichen Film abzuspulen. Typen, die von Matrosen träumen, treiben es mit Typen, die einen Cowboy suchen. Oder zumindest einen LKW-Fahrer. Nacht für Nacht landen die »unerhörten Gebete« der rachitischen Gedichteschreiber und romantischen Angestellten im Lokus der Wirklichkeit. Ich könnte der Kälte trotzen und durch den Park streunen, um mir ein geiles Wild zu jagen. Im wohlwollenden Licht des Mondes einen Frosch in einen Märchenprinzen verwandeln und hoffen, daß ihm die gleiche Metamorphose auch bei mir gelingt. Aber in dieser Nacht fände ich wahrscheinlich nur einen Schneemann, der bereit wäre, in meinen Armen dahinzuschmelzen.

Was hat sich verändert in den fünf Jahren, seitdem ich weiß, daß ich vielleicht, vielleicht auch nicht, wahrscheinlich aber doch ...? Ich habe keinen Frieden schließen können mit dem, was ich für mein Leben halte. Keine Philosophie, die mein Unglück zähmt. Keine Religion, die die Bombe entschärft. Safe ist jetzt mein Sex, aber nicht safe sind die Tage und Nächte. Jede Stunde ein Minenfeld. Sitzen und starren und rauchen. Mein Zimmer. Mein Käfig. Meine Zelle. Mein Grab.

Despotische Schlaflosigkeiten, die immer wieder den gleichen Film in meinem Kopf drehen, oder aber Anfälle von Schlafwut, die schon beim Rasieren beginnen. Die Rasierklinge, eine Waffe vor dem Blick des Fremden im Spiegel, der auch diesem Tag den Krieg erklärt. Ich schäume die Wahrheiten in meinem Gesicht ein und ermüde stehend vor der Clownsmaske. Schlaflosigkeit oder Schlaftollheit, selten etwas dazwischen, ich torkele von einem Extrem ins andere, nicht wissend, was ich mehr fürchte. Die Kraftlosigkeit, die auch die zaghafteste Aktivität verbietet und mich auf das Bett wirft, oder aber das Wachsein, das mich an die Bilder meiner Nacht fesselt. Mein Zimmer. Mein Käfig. Die Wiederholung der Wiederholung der Wiederholung. Wenn mich Freunde nach meinem Tag fragen, erfinde ich den Stunden oft eine Biographie, um nicht immer wieder das gleiche zu sagen: »Ich bin aufgestanden. Habe geduscht. Habe gefrühstückt, und dann, dann habe ich mich so schwach gefühlt und bin wieder ins Bett gegangen.« Mein Zimmer. Mein Knast. Schlaf-irre Tage, an denen ich alles wegschlafe, um alles in meinen Träumen wiederzufinden. Montag oder Mittwoch oder Freitag. Ich frühstücke mit mir und versuche, nicht nur positiv zu sein, sondern auch positiv zu denken. Ein wacher Blick auf die Blumen, die ich mir gekauft habe.

Mülltonnen scheppern. Frau Hansen über mir schreit irgend etwas aus dem Fenster. Jemand rennt pfeifend die Treppen runter. Ich hebe die Kaffeetasse wie ein Schwergewicht und falle in die erste Müdigkeit. »Los, mach einen Spaziergang!« sagt der Vierunddreißigjährige in seinem Käfig. »Tu etwas! Nimm dich zusammen! Laß dich nicht so gehen! Schreib an deinem Theaterstück! Gib dem Tag eine Ordnung, den Stunden ein Ziel!« Meine tyrannische Müdigkeit ignoriert meine Anweisungen und schleppt mich ins Bett. Ist es mein lädiertes Immunsystem, das sich mit meinen Erschöpfungen verbündet, ist es mein Gefühlswirrwarr? Ich verweigere mich dem Tag und flüchte unter die Decken. Bette mein immerwiedergleiches Kopfrattatata auf zerwühltem Kissen. Frau Hansen und der Golfkrieg und die tödlichen Schlagzeilen der Lebenden sind draußen vor meinem Fenster. »Du mußt Zeit gewinnen. Du mußt kämpfen«, sagt Jan, aber die Müdigkeit hat mich wieder einmal besiegt. Montag oder Mittwoch oder ...

Ich gehe in den Schlaf wie in eine Falle. Krankenhausträume. Sauerstoffzeltträume. Weiße-Kittel-Träume. Karposi-Träume. Träume an Schläuchen. Gummihandschuhträume. Friedhofsträume. Meine Müdigkeiten üben den Tod mit begriffsstutziger Langsamkeit. Seit fünf Jahren über-lebe ich mich selbst. Kein Leben und kein Sterben. Ich richte mich ein in meiner Zwischenzone und lerne die Ungewißheiten auswendig. Tag für Tag rasiere ich einen Schatten. Geistere zu Lebzeiten als Gespenst herum. Bin ein gut dressiertes Gespenst. Mit einem artigen Lächeln und manierlichen Gewohnheiten. Keine Revolte gegen die Blumentapete in meiner Hölle. Kein Schrei, der den Nachbarn erschrecken könnte. Tag für Tag kleide ich die Katastrophe in ein frisches Hemd und führe sie Gassi. Kein Gestank, der mich verrät. Keine Unordnung, die mich entlarvt. Ich nehme mich zusammen. Ich lasse mich nicht hängen. Ich mache weiter. Kraftlos, aber wohlerzogen. Mein Schweigen wohnt hinter geputzten Zähnen. Die Leute mögen mich. Ich bin ein angepaßter, junger Mann, der demnächst krepiert. Manchmal entwerfe ich ein neues Bild von mir und der Möglichkeit, mich in einer extremen Situation anders zu verhalten. Entwurf einer rebellischen Stunde. Vorhang auf für einen jungen Mann, der sein Schicksal heldisch auf sich nimmt.

Ende des Traumes, und ich erwache zu meinen geduckten Wirklichkeiten. Jetzt ist es Nacht. Ich verrichte meine Notdurft, wo ich einmal rund um mich pissen möchte. Mein altes Mütterchen kann auch noch auf die Leiche ihres Sohnes stolz sein. Nichts hat der gefräßige Tod verändert, der jetzt genüßlich an mir herumknabbert. Ein Himbeerbonbon für einen, der niemandem die gute Laune verdirbt. Wir wollen uns amüsieren. Ein dickes Lob für einen, der seine Lektion gelernt hat. Im nächsten Leben sterbe ich an Leukämie. Auch Lungenkrebs wäre eine anständige Alternative. Vielleicht aber hat sich Aids bis dahin durchgesetzt. Vielleicht zählt auch Aids eines Tages zu den salonfähigen Todesursachen. So wie der Herzinfarkt, der ein Privileg des Tüchtigen ist.

»Hast du noch jemandem erzählt, daß du infiziert bist?« Die verlegene Angst in den Augen meiner fünfundsiebzigjährigen Mutter, die an die Leute in F. denkt. An die Gartenzwerge in den idyllischen Gärten, die auch mich erzogen haben. Schlimm genug, daß der unehliche Sohn ein Schwuler ist. Eine Tunte. Eine Schwuchtel. Ein Schwanzlutscher. Ein Arschficker. Eine Trine, die den Arsch hinhält. Und jetzt auch noch aidsinfiziert. Ein leckerer Skandal, an dem sich die Leute sattfressen können. Eine pikante Sensation, die die Kleinstadtereignislosigkeit garniert. Ein bißchen Pfeffer und Paprika für die Gelangweilten. Aids ist noch spannender als eine Scheidung in der Nachbarschaft oder eine Abtreibung. Auch in meinem Kopf spuken die Gartenzwerge. Versager, rufen sie. Arbeitslosenhilfeempfänger! Schwule infizierte Sau! Ich sitze auf dem Sofa und gebe mir schlechte Noten. Eine Sechs für Erfolglosigkeit. Eine Sechs für meine Labilität. Eine Sechs für meine Angst. Zum Teufel mit meiner Mutter und den Leuten in F.

Der Aschenbecher quillt über. Ich sollte weniger rauchen und mir statt dessen lieber eine Katze zulegen. Oder einen Kanarienvogel. Jetzt sitze ich auf dem Sofa und rauche mir die Lunge schwarz. Kommt nicht mehr darauf an. Vielleicht ist das die Freiheit, von der alle sprechen. Das erste und letzte Abenteuer. Vielleicht ist der Tod ein amerikanischer Cowboy, der mich bei einem Duell im Morgengrauen erschießt. Mit einer Fluppe im Maul und einem Robert-Redford-Lächeln. Das Telefon klingelt nicht. Jan schläft an der Seite von Rolf. Das muß ich aushalten.

Ich habe schlechte Karten in diesem Spiel. Rolf ist der neue Herzbube. Er schüttelt sein Lachen wie ein As aus dem Ärmel. Seine blonde Harmlosigkeit, die mich zum neidischen Verlierer macht. Rolf hat keinen Nachtschweiß, der ihn zwingt, mehrmals das T-Shirt zu wechseln. Keine Absonderungen, die ihn von Jan trennen. Wenn Rolf schwitzt, dann ist das ein Schweiß, den er mit Jan teilt. Keine geschwollenen Lymphknoten, die eine Liebesgeschichte in eine Krankengeschichte verwandeln. Ich sitze auf dem Sofa und starre und rauche. Ich denke an Jan wie an einen Deserteur. Er ist geflohen und läßt mich in meinem Krieg zurück.

»Du mußt kämpfen und Zeit gewinnen.« Ich sitze neben mir und schau mir zu beim Selbstmitleid. Schluß mit der verlogenen Tapferkeit, die ich mir und den anderen vorspiele. Ich bin nicht die fröhliche Postkarte, die ich meiner Mutter nach F. schreibe, damit sie sich keine Sorgen macht. Immer noch der schuldbewußte Sohn, der seinen Groll verschweigt. Ich schreibe meiner Mutter wie einer Fremden, aber ich schreibe ihr. Auch meine Mutter profitiert von dem chronischen Verständnis, das ich mir für alles herbeibastele. Wenn mich nicht der Virus umbringt, dann mein Verständnis. Ich bin nicht der souveräne Ex-Lover, der mit geistreichen Bemerkungen um die Zärtlichkeit von Jan buhlt.

»Ich finde es toll, wie du mit der Situation umgehst«, sagt Jan und bittet um die Rechnung. Beruhigt zahlt er das Menü, zu dem er mich geladen hat, und kehrt zu Rolf zurück.

Es ist Nacht, und vor meinem Fenster fallen dicke Flocken. Die Heizung tuckert vor sich hin, und das ist kein feindliches Geräusch in der Stille meines Zimmers. Ich sitze auf dem Sofa, und ich lebe. Noch ist die Krankheit nicht ausgebrochen. Der Viruswolf heult durch mein Blut, aber noch hat er nicht zum tödlichen Sprung angesetzt. Anfang nächster Woche beginnt die AZT-Behandlung. Ich habe mir gewünscht, 1990 ohne AZT auszukommen, und das ist mir gelungen. Keine maßlosen Wünsche. Vielleicht vertrage ich das Mittel gut. Bei geringer Dosierung ist auch das Risiko von Nebenwirkungen gering. Stefan nimmt schon seit einem Jahr AZT, und sein Immunstatus hat sich verbessert. Die Gefahr, daß sich zu früh eine Resistenz gegen AZT einstellt, muß ich in Kauf nehmen. An die Gefahr habe ich mich in fünf Jahren gewöhnt. Warum denke ich jetzt an Norbert, der auch seit fünf Jahren positiv ist und noch 920 T-Helfer-Zellen hat. Sein Immunstatus ist nur minimal unter der Normgrenze. Konkurrenzdenken auch im Unglück. Arthur hat noch 760 T-Helfer-Zellen und Tom 820. Bei allen, die ich kenne, variieren die Werte, mal nach oben, mal nach unten. Bei mir fallen sie mit sturer Kontinuität. Geradezu beleidigend ist die Berechenbarkeit, mit der meine Werte nicht nur kontinuierlich, sondern auch in immer gefräßigerer Fallmenge sinken. All das mit einer Geradlinigkeit, die gar nicht in meine Chaosgeschichte paßt. Jörg schwört auf die Ozontherapie, und Markus predigt die Heilkraft von Vitamin C. Klaus glaubt an die Macht der Seele. Jeder schafft sich seine magischen Rituale. Nicht länger schenke ich jedem Scharlatan und Wunderheiler meine gläubige Aufmerksamkeit. Ich habe aufgehört, in jeder Zeitung und jeder Broschüre nach neuen Gerüchten zu suchen, die meine Hoffnung für zwei Wochen nähren.

Vielleicht sollte ich die alternativen Therapieangebote sorgfältiger prüfen, aber ich habe mich entschlossen, mich auf die Hilflosigkeit meines Arztes zu verlassen. Die scheuen Blicke im Wartezimmer, das sich von allen anderen Wartezimmern unterscheidet.

Wir schweigen in die Zeitung und starren auf die Schuhe, während die Augen wie eine heimliche Kamera jede Bewegung des anderen fangen. Manchmal sitzt ein Grippevirus zwischen den Aidspatienten, der unbekümmerter schweigt. Es kommt auch vor, daß jemand, bei dem die Krankheit sichtbar ausgebrochen ist, seinem Begleiter eine heitere Geschichte erzählt und schreckliche Lustigkeit verbreitet. Wir sitzen im gleichen Boot, aber wir schweigen uns wieder in unsere Wohnungen zurück. Hinter geschlossenen Gardinen wird gestorben. Nur wenige kämpfen. Die meisten krepieren in der Anonymität irgendwelcher Kliniken oder kehren in ihr Dorf zurück, wo ehrenwerte Mütter und Väter das Leben und den Tod des schwulen Sohnes fälschen.

Und ich? Ich mogele mich seit fünf Jahren an meinem Satz vorbei. Schreibe Boulevardkomödien, als säße ich in einer Pralinenschachtel. Ich bin ein Clown, der durch den brennenden Reifen springt, mitten hinein in den dankbaren Applaus der Gartenzwerge. Schon wieder stilisiere ich mich in verzuckerte Posen. Ich bin kein Clown, sondern ein verklemmter, schwuler Spießer, der zuwenig nachgedacht hat. Noch eine Zigarette. Die Flecke auf dem rechten Arm beweisen die Empfindlichkeit meiner Haut. Nichts anderes.

Mein Nachbar mit den teuren Musikboxen schläft heute nacht. Kein Krach, der meine Schlaflosigkeit unterhält. Kein Lärm, der mich von dem Getöse in meinem Kopf ablenkt. Ich fürchte mich vor der Stille. Die Heizung tuckert nicht mehr. Auch die Katze von Frau Waldmann schreit nicht im Hinterhof. Sie hat ihren Kater gefunden. Kein Alkohol im Haus. Jetzt bedaure ich meinen Anfall von Vernunft. Ich weiß, was ich mir vorgenommen habe. Keine Besäufnisse mehr in meiner Wohnung. Keine Feste mehr mit meinen Flaschenfreunden. Drei, vier Gläser Bier in der Kneipe, aber kein Alkohol mehr zu Hause. Kein Sherry mehr. Liebevoller Tröster meiner Nachmittage. Einige Gläschen, und alles wog leichter. Recht bald brauchte ich eine halbe Flasche, um einen kleinen Nachmittag zu ertragen. Schluß damit. Ich will lernen, meinen Satz auszuhalten. Will dem Tod keine allzu leichte Beute sein. Lieber Gott, ich glaube nicht an dich, aber gib mir noch etwas Zeit.

Auf dem alten Kachelofen sitzen meine beiden Stoffbären. Die Mutter von Jan hat sie uns geschenkt, aber mein Ex-Lebensgefährte wollte sich nicht so offensichtlich zu seiner infantilen Seite bekennen. Meine Bären.

Etwas heller der eine, etwas dunkler der andere. Zärtliche Zweiheit. Umarmung der Gegensätze. Gemeinsam wachen sie über das Kinderzimmer des Vierunddreißigjährigen, der mit ein bißchen Glück im Dezember fünfunddreißig Jahre alt wird. Gealterte Kindlichkeit. Der kleine Löwe auf dem Regal hilft, das verlorene Königreich zu verteidigen. Er ist zu jung, um die Gespenster des Erwachsenen in die Flucht zu schlagen, aber auch er hütet den Traum des ehemaligen Kindes.

Wieviele Kindheiten habe ich erfunden. Sie dauerten oft nicht länger als eine Erzählung, aber mein Gedächtnis war immer schon so geschaffen, sich leichter an eine Fiktion als an eine Tatsache zu erinnern. Hatte ich nicht das Recht, eine falsche Wirklichkeit zu korrigieren?

Verzeih mir, Mama. Nicht alle Stunden bedurften der Korrektur. Du gingst aufrecht durch die Straßen der Spießer, an deiner Seite das uneheliche Kind. Der Bastard. Du erlaubtest keinem, dein letztes Glück zur

Schande zu erklären. Alle die vielen protestantischen und katholischen Monster, die von einer Tochter aus gutem Hause erwarteten, daß sie den Blick senkte und sich dafür schämte, mit vierzig Jahren noch einmal geliebt zu haben. Verzeih, daß ich dich manchmal für deine Angst vor den Heuchlern und Kirchengängern verachtete. Ich fürchte sie doch auch, die fromme Bande. Du lehrtest mich nicht, ihre Spielregeln zu sabotieren. »Man muß sich anpassen!« lautete der Satz, mit dem du mich füttertest. Ich wünschte, ich könnte dir jetzt meinen Widerstand gegen diese Lektion widmen.

Wie kann ich dir übelnehmen, daß du keine Bomben in die idyllischen Gärten der Heuchler warfst? Bevor ihren Gartenzwergen die Nasen abfallen, stürzen wir lieber selbst vom Seil. Aber nur unter der Bedingung, daß wir tot auf dem Boden der Tatsachen landen. Nichts kann ich dir übelnehmen, Mama. Du bist nie aus der Kleinstadt rausgekommen. Im Gegensatz zu mir. Und auch ich habe es nur bis zu diesem Sofa in diesem Zimmer in dieser Nacht geschafft. Närrisches Heldentum eines Kettenrauchers. An meiner Seite zwei Bären und ein Löwe.

Da sitze ich auf meiner Bombe, furchtsam, und passe auf, daß sie nicht explodiert. Alles tue ich, damit die Nachbarn nichts erfahren. Ich habe es gerade mal gepackt, halbwegs zu meinem Schwulsein zu stehen. Würde die alte Frau Hansen über mir einen Brief an die Hausverwaltung schreiben und darauf bestehen, daß der infizierte Typ aus dem ersten Stock aus der Wohnung fliegt? Frau Hansen. Eine achtzigjährige Deutsche, die ihre Zeit damit verbringt, die Bullen zu rufen, wenn jemand die Musik zu laut andreht. Besonders dann, wenn dieser Jemand aus der Türkei kommt. Auch die Jungen fürchte ich. Angst habe ich vor dem »gesunden Volksempfinden«, dem ich mit meiner Angst und meinem Schweigen diene.

Ich bin der freundliche Schwule aus dem Seitenflügel, der dreimal die Woche für die kranke Frau Ulrichs aus dem Paterre rechts einkaufen geht. Außerdem gelte ich als Künstler, der sogar ab und zu in der Zeitung vorkommt. Da drückt das »gesunde Volksempfinden« schon mal ein Auge zu. Ich habe es allen leichtgemacht. Männlicher als John Wayne schaukele ich über den Hinterhof, als wäre der Gang zu den Mülltonnen ein Ritt über die Prärie.

Ich trage kein Dirndl und auch keinen Faltenrock, sondern eine schwere Lederjacke, die meine »Männlichkeit« betont, von der ich glaube, daß ich sie mir und der Welt schuldig bin.

Einmal im Jahr erlaube ich der Tunte in mir, sich in einer schummrigen Schwulenbar hemmungslos auszukreischen. Die restlichen 364 Tage stopft der Kerl in mir der Tunte das Maul. Reißt ihr das grelle Lachen vom Gesicht und setzt ein knappes, hartes Lächeln in den rechten Mundwinkel. Der Kerl leistet ganze Arbeit. Leicht ist es, die verschreckte Tunte einzuschüchtern. Schon hört sie auf, von Liz Taylor zu schwärmen und Gedichte zu rezitieren. Brav übt sie Wortkargheit und blickt cool wie die anderen Männer. Manchmal entgleisen ihre Gesten, und die Hände flattern von ihr wie aufgeregte Vögel, aber schnell widerruft der Kerl das unfreiwillige Geständnis. Hände in die Hosentaschen. Der Blick läßt sich am schwersten zähmen. Diese Augen verraten alles, das sehn-süchtige Glotzen. Also senkt sie die Augen. Hört auf, andere Männer anzustarren. Hört auf, Notsignale von sich zu geben. Trainiert im Schweiße tapferer Selbstverleugnung den unbeteiligten Blick. Guckt satt und nicht hungrig. Verzichtet auf damenhafte Liqueure, die sie am liebsten trinkt, und bestellt harte Sachen. Hebt das Bierglas wie ein Mann und trinkt in einem Zug die Hälfte aus. »Noch ein Wodka, noch ein Bier.« Lacht über den dümmsten Witz und ist ein guter Kumpel. Spricht über den Golfkrieg und hat eine »männliche Meinung«. Alle wollen Frieden, aber zuviel Pazifismus ist nicht angesagt. Wer angegriffen wird, muß sich wehren. Zurückschlagen. Die Tunte möchte sich lieber einen Film mit Doris Day angucken, aber der Kerl setzt sich durch.

»Spannend ist der Krieg im Fernsehen. Aufregend wie eine Fußballübertragung«, sagt jemand mit gezierter Ironie, und die Tunte stimmt zu, obwohl sie Fußball nicht ausstehen kann. Das aber muß sie nicht jedem auf die Nase binden. Bei Boris Becker muß sie sich nicht verstellen. Den mag sie wirklich. Ganz aufrichtig. Hat sie nicht eben zu feminin gekichert? Schnell noch ein hartgesottenes Statement zum Golfkrieg. Luftangriff und Bodenoffensive sind muskulöse Worte in ihrem Mund, Männerworte, jeder Buchstabe eine geballte Faust. Auch ein warmer Bruder kann wie ein kalter Krieger denken, wenn die Dressur gelingt. Die heimlichen Frauenvergewaltiger sind gute Dompteure.

»Was hat denn unser Sensibelchen schon wieder?« Der Sportlehrer lacht und zwinkert den anderen Jungen zu. Ich stehe in der Turnhalle und weine. Ich weine oft. Ich bin eine Mimose. Ich bin zimperlich. Ich bin eine Heulsuse. Ich bin ein Muttersöhnchen. Ich habe meine Lektion noch nicht gelernt.

»Wir dürfen Fräulein Volker nicht so ärgern«, schreit der Klassensprecher Uwe, den alle bewundern. Auch ich. Eine Woge von Gelächter schlägt mich zusammen. Ich bin dreizehn Jahre alt und weiß noch nicht, was mich daran hindert, wie die anderen Jungen zu sein.

»Weich wie Pudding«, lautet das Urteil meiner Mitschüler. Ich habe keinen Mumm in den Knochen. »Ihm fehlt die starke Hand eines Vaters«, sagen die Nachbarn. Ich denke an den prügelnden Biertrinkervater von Charly. Den schleimigen Sparkasseninspektorvater von Bettina, der jedem Titel und jedem hohen Einkommen die Füße küßt. Weich-wie-Pudding rennt aus der Turnhalle. Läuft zu Mama, die ihn tröstet. Etwas passiert in mir, was ich nicht verstehe. Nachts begegne ich meinem Feind Uwe in meinen Träumen, und er läßt sich von mir berühren.

»Nimm mich huckepack, Daddy!« ruft ein blonder Spielfilmjunge, und ein blonder Spielfilmdaddy lacht zärtlich und geht in die Knie, damit sich der kleine Junge auf seine Schultern setzen kann. »Höher! Höher, Daddy!« schreit der gleiche Junge in einer anderen Szene auf der Schaukel, und Daddy lacht zärtlich und gibt der Schaukel einen Stoß. »Höher! Höher!« Daddy geht mit seinem Sohn in den Zoo und kauft ihm ein Eis. Daddy erzählt seinem Sohn eine Gute-Nacht-Geschichte und streicht durch sein Haar. Nie verschwindet das zärtliche Lachen von seinem Gesicht.

»Solche Väter gibt es nur im Film«, sagt meine Mutter und schaut mich schuldbewußt von der Seite an. Es ist Sonntag, und wir sitzen auf dem Sofa und gucken Fernsehen. Mutter und Sohn. Ein altes Ehepaar. Meine Mutter legt den Arm um mich, aber ich entziehe mich der Berührung. »Muß mal pinkeln«, sage ich cool und renne aufs Klo, um dort zu heulen.

Ich bin vierzehn Jahre alt und heule wegen eines kitschigen Spielfilms. »Schlappschwanz!« nennen mich die anderen Jungen, die jetzt auf dem Sportplatz Fußball spielen. Ich versuche, meine Angst vor ihnen zu verbergen und genauso männlich und forsch durch die Gegend zu tigern, aber sie durchschauen mich. Ich ahme ihre lauten Gesten nach, aber bei mir wirken sie wie bei einem schlechten Schauspieler. Ich gehöre nicht dazu. Ich bin weich wie Pudding und sitze mit Mama auf dem Sofa. Ich fresse Bonbons und Schokolade, und schon meine schlechten Zähne entlarven den Weichling. Uwe hat fast genauso schöne, weiße Zähne wie der Spielfilmdaddy. Er lacht wie jemand, der sich vor nichts fürchtet. »Nimm mich Huckepack, Daddy!« Ich denke an all die vielen biederen Kleinstadtpapas mit ihrem Familienglück. Papa. Mama. Kind und Hund. »Was gibt es morgen zu essen?« »Das gleiche wie jeden Mittwoch.« »Was läuft in der Glotze?« »Sie wiederholen einen Krimi, aber das macht nichts. Ich habe schon wieder vergessen, wer der Mörder war.«

Man hat sich nichts mehr zu sagen, aber man bleibt zusammen. Unsere Nachbarin haßt ihren Mann, und ihr Mann haßt sie. Sie lassen sich nicht scheiden. Sie brauchen ihren Haß wie die Luft zum Atmen. »Wenn du eine Eins schreibst, darfst du dir was wünschen«, sagt der Papa zu seinem Sohn und weiß, daß sein Versprechen keine Geldausgabe nach sich zieht.

»Zwei Wochen Hausarrest, wenn du wieder eine Fünf nach Hause bringst«, schreit die Mama mit roten Flecken auf dem Hals und weiß, daß ihr Söhnchen sie vierzehn Tage ablenken wird von ihrem Haß auf ihren Mann. Erziehung heißt Rache. Warum soll der Sohn glücklicher sein als die unglückliche Mama?

Weich-wie-Pudding ist ein altkluges Monster. Ich will nicht wissen, was ich weiß.

»Höher! Höher!« Als Kind habe ich meine Mutter mit allen schönen und jungen Männern der Stadt verheiratet, ohne Rücksicht auf den Altersunterschied zu nehmen. Jetzt bin ich vierzehn Jahre und schon fast erwachsen. »Du bist mein kleiner Mann«, sagt meine fünfundfünfzigjährige Mutter oft und lächelt zärtlich. Ich will das zärtliche Spielfilmdaddylächeln. »Alles in Ordnung?« ruft meine Mutter und klopft leise an die Tür. »Alles in Ordnung«, rufe ich zurück und drehe den Wasserhahn auf, damit meine Mutter nicht hört, daß ihr kleiner Mann auf dem Klo sitzt und heult.

Von dem Sofa in F. bis zum Sofa in meiner Neuköllner Hinterhofwohnung. Mein Zimmer. Meine Zelle. Mein Käfig. Immer noch können mich Spielfilmdaddies zum Weinen bringen. Ich werde vielleicht doch einem Kabelanschluß zustimmen. In dieser Nacht würde ich einen späten Film im Fernsehen meinem Kopfkino vorziehen.

Meine Nacht ist nicht die Nacht von Uwe, der jetzt wahrscheinlich an der Seite seiner Frau schläft. Im Einklang mit sich und den Gesetzen der Normalität. Die Übermacht der Uwemänner. Uwetaten und Uwewitze. »Volker! Mach doch mal die Wagner nach!« Das ist ein Befehl, und Volker gehorcht. Volker springt durch den Reifen und imitiert die schrullige Mathematiklehrerin, bis sich alle den Bauch halten vor Lachen. Leider lacht sich niemand tot. Keine Pause für den Komiker. »Und jetzt den Weiß!« Klassensprecher Uwe gibt dem Klassenclown eine knappe Anweisung. »O ja, und jetzt den Weiß!« schreit das Publikum und lacht auf Kredit. Volker lispelt den verklemmten Deutschlehrer herbei und nimmt sich vor, eine neue Nummer ins Programm aufzunehmen. Vielleicht den asthmatischen Kunstlehrer, der immer wie eine Lokomotive schnauft. Oder die aufgedonnerte Englischlehrerin, die wie ein Mannequin über den Schulhof stelzt. Uwe lacht. Das ist ein gutes Zeichen und bedeutet, daß Volker nachher in der Turnhalle nichts Schlimmes zu befürchten hat. Keine allzu gehässigen Bemerkungen auf seine Kosten. »Flasche!« und »Penner!« klingen schon wie Liebkosungen in seinem Ohr. Die anderen wissen, wer das Sagen hat und passen ihre Gemeinheiten den Launen von Uwe an. Ist er gnädig gestimmt, sind auch die anderen milde. Noch mehr als den Sportunterricht fürchtet sich Volker vor dem Ende der Stunde, wenn alle duschen und er sich ungeschickt aus dem Umkleideraum mogelt. »Geniert sich Fräulein Volker mal wieder?« Diesen Spitz-Namen hat ihm Uwe angehängt, der sich jetzt gutgelaunt auf die Schenkel klopft. »Dein Weiß ist super!« ruft er, und der Clown verbeugt sich.

Was geht mich Uwe an, der sich jetzt vielleicht schlaflos im Bett wälzt, weil sein Nachbar ein begabteres Kind gezeugt hat. Ein schnelleres Auto fährt und ein größeres Haus besitzt. Was kümmern mich die Uwemänner und ihr Ehrgeiz?

Meine Nacht. Mein Zimmer. Mein Sofa. Mein überquellender Aschenbecher. Meine T-Helfer-Zellen. Meine Schlaflosigkeit. Immer noch terrorisieren mich die alten Klischees. Die selbstbewußten Spielfilmmänner. Mit breitschultrigen Ansichten und durchtrainierter Durchschnittlichkeit.

»Was hat denn unser Sensibelchen?« Immer noch bedroht mich das Gerücht, das sich »Männlichkeit« nennt. Wie ein Mann handeln. Nicht so zögerlich und unentschlossen. Wie ein Mann die Faust auf den Tisch schlagen. Nicht so sensibel und weich. Nicht so zimperlich und überempfindlich. Wie ein Mann gehen. Nicht so tuckig und verschlenkert. Wie ein Mann sitzen. Nicht mit übergeschlagenen Beinen. Wie ein Mann sprechen. Ein Mann, ein Wort. Nicht so blumig und verschnörkelt. Faß dich kurz. Sei sachlich. Nur die Fakten, keine Details. Wie ein Mann Freude empfinden. Eine klare Geste und dann Schluß. Nicht so übertrieben und euphorisch. Wie ein Mann Schmerz empfinden. Nicht die Fassung verlieren. Betroffen, aber kontrolliert. Nicht hysterisch werden, nicht weinen und nicht schreien. Der Dressurakt ist gelungen. Tief ist meine Stimme und fest mein Händedruck. Ich weine nie in der Öffentlichkeit. Ich wirke kraftvoll und dynamisch. Ich borge mir die Gesten der sogenannten Normalität und führe sie aus wie einen geliehenen Smoking. »Du siehst gar nicht aus wie ein Schwuler«, sagen Fremde manchmal, und ich war lange pervers genug, das als Kompliment zu verstehen.

Wie deute ich meine heimliche, masochistische Sehnsucht nach denen, die mich verneinen? Träume, gestrickt aus Selbsthaß und Minderwertigkeitskomplexen. Wenn ich schon nicht so bin wie die anderen Männer, dann zolle ich ihnen wenigstens meinen Tribut, indem ich sie begehre und bewundere. Nachahme und versuche, sie zu übertreffen. Schwule müssen besonders tüchtig sein, damit »mann« ihnen verzeiht, daß sie anders sind. Ich habe kein Kind gezeugt, aber dafür bin ich ein interessanter Künstler. Unterhaltsam und geistreich bis zur Besinnungslosigkeit. Ich habe kein Haus gebaut, aber dafür bin ich ein einfühlsamer und verständnisvoller Freund, den alle Frauen mögen. »Dir kann ich Dinge anvertrauen, die ich sonst nie einem Mann sagen würde«, sagt meine Freundin Gerda. Ich habe keinen Baum gepflanzt, aber dafür übe ich die Kunst, ein netter Mensch zu sein. »So freundlich und so hilfsbereit«, sagen die Nachbarn. Mein schwuler Freund Hans putzt die Treppe mit andächtiger Gründlichkeit und badet sich in den beifälligen Blicken der Hauswartsfrau, die Homosexuelle als »Ungeziefer« bezeichnet. Hans hat sich in ihr Herz geschrubbt und kann ruhig schlafen. Ein Podest für mein Feindbild, das mich jeden Tag daran erinnern soll, daß ich mich anstrengen muß. Allgegenwärtig und allmächtig sind die Uwemännernormen. Selbst in meinen verborgensten Träumen knallen die Dompteure mit der Peitsche. Ich springe durch den brennenden Reifen und buhle um den Beifall der Menge. »Du mußt dich anpassen«, sagte meine Mutter, und ihr Satz streute und bildete Metastasen in allen Winkeln meiner Seele. Sogar in meinen sexuellen Phantasien verzichte ich auf Individualität und bemühe mich um Austauschbarkeit. Manchmal träume ich von einer schwulen Gegenwelt, die nicht eifrig und beflissen die Männlichkeitsrituale der heterosexuellen Mehrheit nachahmt.

Es ist Nacht, und mein Kopf glüht. Auf mein nächtliches Fieber kann ich mich inzwischen verlassen. Manchmal überrascht es mich schon am frühen Nachmittag. Mein geltungsbedürftiges Fieber. Die Magie der Zahlen. Knapp über 38 oder weit über 38. Immer wieder das gleiche Ritual. Die kecke Kühle des Thermometers unter meinen Achseln, hypochondrische Freude des Kränklichen. Sitzen und starren und mich von meinem divaresken Fieber foppen lassen. Ich kenne dein Repertoire inzwischen, mein narzißtisches Fieber. Gib dir keine Mühe, heute nacht bleibt das Thermometer in der Schublade. Allgegenwärtig und allmächtig, mein Fieber, auch an fieberlosen Tagen, allgegenwärtig dann im Erstaunen, daß das Thermometer eine normale Temperatur mißt, allmächtig in der Erwartung des nächsten Tages. Zwanghaftes Zahlenspiel. Mein Virus ist ein Full-time-Job. Von Beruf: Hiv-positiv.

Gibt es noch etwas anderes? Mein Zimmer. Mein Käfig. Ich sehe die Tagesschau und aktuelle Sendungen, simuliere ein Interesse, das ich mir befehle, aber der Virus ist stärker und reduziert mich immer wieder auf meine Aidswirklichkeit. Das Aidskarussell dreht sich.

A wie Angst.
i wie immer.
d wie dunkel.
s wie sterben.

Und gelingt es mir zuweilen, mein Thema in meinem Zimmer zu lassen, erwartet es mich triumphierend am Tresen irgendeiner Schwulenbar. »Hast du schon gehört? Der Christian ist vorige Woche gestorben?« »Welcher Christian?« »Na, der Dicke, der sich immer ausgezogen hat, wenn er besoffen war.« »Ach so, der Christian.« »Soll zum Schluß nur noch Haut und Knochen gewesen sein, schrecklich.«

Allgegenwärtig und allmächtig, das Fieber und der Nachtschweiß. Die geschwollenen Lymphknoten und die T-Helfer-Zellen. Der vierunddreißigjährige Mario sitzt auf dem Sofa und erinnert sich an Volker. Was hat es gebracht, daß ich den Namen abwarf und mir eine Mario-Identität bastelte? Nichts sollte an den Klassenclown und Bastard Volker erinnern. Volker, die Heulsuse. Die Mimose. Volker weich und zimperlich. Sensibelchen Volker. Mario war stark und selbstbewußt. Weckte Bewunderung und wurde von allen geliebt. Mario, mein fiktives alter ego, mein pubertärer Held, sollte Volker rächen und es der verdammten Kleinstadt zeigen. Den Heuchlern und Wächtern der Normalität. Vorhang auf für Mario! Schauspieler und Dichter, ein leuchtender Stern am Horizont der neuen Namen. Erblassen sollte das stupide F. vor meinem Glanz, Abbitte leisten für jede Demütigung. »Haben Sie schon gehört? Der Volker ist ein berühmter Künstler geworden. Wer hätte das gedacht, daß dieser schwule Bastard es mal so weit bringt?«

Schon mein Ehrgeiz war eine offene Wunde. Aids, eine erworbene Immunschwäche. Mir ist, als hätten mich bereits in F. die Gartenzwerge infiziert. »Weich wie Pudding«, sagte Uwe, und der Satz war vergiftet und schmeckte nach Tod. »Bastard!« flüsterten die Nachbarn, und ihr Gewisper übertrug den tödlichen Virus. »Du bist mein kleiner Mann«, sagte meine Mutter, und ihr Satz erwürgte mich. Mein Tod wuchs in den Gärten, blühte hinter zänkischen Zäunen. Lugte hinter den sauberen Gardinen der Nachbarn hervor, grinste in der verschlagenen Freundlichkeit der Verkäuferinnen. Grölte in den Stimmen der anderen Jungen, die ich nachzuahmen versuchte. Raunte durch die Straßen von F. und kicherte: »Der Volker ist bestimmt andersrum. Der geht so komisch und spricht so komisch. Der ist überhaupt so komisch.« Schrieb mit weißer Kreide an die Tafel: »Man muß sich anpassen! Nicht auffallen! So sein wie alle!«

Ich sitze auf dem Sofa und werde nicht verrückt. Auch im fiebrigen Nebel meines Kopfes sprechen die Gespenster mit deutlichen Stimmen. Kein barmherziger Wahnsinn, der mich und meine Geschichte löscht. Don-Quichotte-Volker, der den Kampf gegen die Mühlen von F. verliert. Immer wieder der gleiche Film, immer wieder die gleiche Nacht. Weich-wie-Pudding sitzt auf dem Sofa und bibbert vor Angst. Blubbert Unverständliches. Quillt auf und mystifiziert, was er nicht versteht. Ein tödlicher Pudding, verzuckert von A bis S. Einen Löffel für alle Uwemänner, damit ich so groß und stark werde wie sie. Einen Löffel für meine rüstige Mama, damit sie bei guter Gesundheit um ihren schwulen Sohn und Taugenichts trauern kann.

Ich fürchte mich vor meiner Geschichte. In mir hockt ein verpickelter Junge, der sich weigert, erwachsen zu werden. Zwei Bären auf dem Ofen und ein kleiner Löwe auf dem Regal soufflieren dem Jungen größenwahnsinnige Sätze. Liebe. Leben. Glück. Ruhm. Unsterblichkeit. Jeder Tag ein Fest, jede Stunde ein Rausch, jeder Augenblick ein Abenteuer. Aus der Pralinenschachtel springen und das Leben auf mich nehmen. Eine Kassette von »Supertramp« gegen die Stille. »Even in the quietest moments.« Jan lächelt mich zärtlich an. Auf dem Foto, das uns beide im Körnerpark zeigt. Mai 1986. »Du bist mein Lebenspartner. Mein Schicksalsgefährte«, sagt Jan, und ich streiche über seinen schwarzen Nickipullover.

»Ich habe schon mit Rolf gesprochen. Wenn du Pflege brauchst, ziehst du zu uns. Du sollst wissen, daß du nicht allein bist«, sagt Jan im Tiergarten. Februar 1991. Schnee in meinem Kopf und Schnee vor dem Fenster. Ich zähle bis vierhundertzwanzig und zünde mir noch eine Zigarette an. Gut, daß ich mir wenigstens einen Nikotinvorrat zugelegt habe. Sitzen und starren und rauchen. Unheilbar und unstillbar meine infantile Sehnsucht nach einem, der mich huckepack nimmt. »Höher, Daddy! Höher!«

Das Zimmer des Vierunddreißigjährigen, ein nächtliches Kinderzimmer. Auf dem imaginären Schaukelpferd sitzt kein Märchenprinz, sondern ein junger Vater. Mit Vateraugen und Vaterschultern. Nimm mich Huckepack. Halte mich. Rette mich. Bring mich zu Bett und erzähle mir eine Gutenachtgeschichte. Erzähl mir eine Geschichte, in der ein Wunder vorkommt. Erzähl mir mein Leben noch einmal neu. Eine Geschichte ohne Nachtschweiß und Fieber. Ohne T-Helfer-Zellen und geschwollene Lymphknoten. Ohne Aidsworte und Aidsgedanken. Ohne Todesanzeigen im schwulen Magazin und ohne Statistiken, die die Aidstodesfälle des vorletzten Monats mit denen des letzten Monats vergleichen. Ohne dieses Sofa in diesem Zimmer in dieser Nacht. Ohne diesen verkrachten Vierunddreißigjährigen, der auf ein vergilbtes Foto starrt. Ohne dieses rote Telefon, das feindlich schweigt.

Eine Geschichte mit Happy-End. Aufwachen, und Jan liegt neben mir und schaut mich an. »Hab keine Angst. Das alles ist nicht wahr. Du hast nur schlecht geträumt«, sagt er, und ich bin Sicherheit. Aufwachen und unbekümmert aus dem Bett springen. Mit einer lachenden, entschlossenen Bewegung das Fenster öffnen und den Tag begrüßen. »You for you and me for me. Living in a fantasy ...«

Ich drücke auf die Stop-Taste. Mein Vater reitet auf dem Schaukelpferd davon und läßt mich in meiner Nacht zurück.

Mein Zimmer. Meine Zelle. Mein nächtliches Kinderzimmer. Spinnweben an der Decke und Staub auf dem Regal. Schwer fällt es mir, Ordnung zu halten. Habe Jan zu oft in meine Unselbständigkeit verstrickt. Habe mich zu sicher gefühlt in meiner Kinderpose. »Wann räumst du endlich auf?« fragt Papa

Jan sein vierunddreißigjähriges Kind. Das mault und motzt und wehrt sich gegen die Bevormundung, um sie klammheimlich zu genießen.

»Putz dir die Nase. Wenn du immer alles hochziehst, kriegst du eine Stirnhöhlenvereiterung«, sagt Daddy Jan mit gereizter Fürsorglichkeit. Mario macht eine ironische Bemerkung, während Volker ein Taschentuch hervorkramt. »Du bist ein Sozialphobiker. Kümmere dich um Synchronjobs oder um Lektorate. Tu etwas. Laß dich nicht so hängen«, rügt Vater Jan.

Mario mokiert sich über seine Lebensuntüchtigkeit, aber Volker ist ohne Angst. Er weiß, daß er sich auf Jan verlassen kann. Nachts liegen Vater und Sohn zusammen und treiben Inzest. Mario benimmt sich wie ein erwachsener Liebhaber, aber sein Volkerherz schlägt im Rhythmus alter Kinderträume.

Ich profitiere vom Mythos des unpraktischen Künstlers. Meine chronischen Untauglichkeiten im Alltäglichen entsprechen dem Klischee. Jan wünscht sich einen Dichter zum Freund, und ich wünsche mir einen Vater. Die Komödie der Liebenden beginnt. Der klavierspielende Reserveleutnant Jan trifft im Park den gedichteschreibenden Schauspieler und Kriegsdienstverweigerer Volker, der sich seit einigen Jahren Mario nennt. Etwas tolpatschig wirkt Jan, aber seine Erscheinung verspricht Geborgenheit. Ein Geländer für die Nacht, an dem ich mich festhalten kann. Was sieht Jan in dem schlaksigen Fünfundzwanzigjährigen, der sich so wie er nachts im Park herumtreibt? Am Anfang ist immer das Bild. Wir gehen aufeinander zu und fangen an, uns zu erfinden.

Die Erinnerungen stechen. Alles wahr und alles falsch. Wirklichkeit und Fiktion. Ich laufe rückwärts, im Kreis und versuche, das Wirrwarr meiner Vierunddreißigjährigkeit wie ein Theaterstück zu betrachten. Meine sentimentale Groteske. Wenn sich mir schon die Zukunft verweigert, soll mir wenigstens meine Vergangenheit gehorchen. Es soll gewesen sein, was hätte sein können. Ich sitze auf dem Sofa und fälsche mein Leben, das ich nicht verstehe. Ein Blinder, der Ausschau hält nach einem Sinn. Eitelkeit meiner schlaflosen Nacht, die dem Spektakel der X-Beliebigkeiten eine Bedeutung herbeidichten will.

Ruf mich an, Jan. Bitte. Halte mich. Jan mit der Trompete am Fenster. Herzlaut in meinem Rücken. An einem Wintermorgen, der noch nichts von dieser Nacht auf dem Sofa weiß. Ich stapfe durch den Schnee zur Probe, und Jan bläst Trompete.

Schrei doch, Sofamensch. Halte dir die Ohren zu. Krümme dich, sterblicher Sofaspinner. Halte dich fest an deinem Schmerz, und laß dir von ihm die Wirklichkeit deiner Gefühle beweisen. Hast du Angst, daß du um ein Phantom trauerst? Daß auch deine herbeizitierte Liebe ein Flop war? Ein hysterischer Mißerfolg, eine verheulte Bankrotterklärung. Leistungsorientiert mit jedem Atemzug. Brauchst du jetzt ein Erfolgserlebnis? Keinen Baum gepflanzt, kein Haus gebaut, kein Kind gezeugt, aber dafür geliebt und geliebt worden, was immer das auch ist. Liebe als erbrachte Leistung, vorzeigbar wie ein Kontoauszug. Noch immer nicht taub für die Parolen der Tüchtigen. Dynamisch und effektiv. Die anderen sind karrieregeil und aufs Geld fixiert, du auch, aber du hast jetzt eine Ausrede, warum alles nicht geklappt hat. Poetisch und tragischschön ist deine Erfolglosigkeit und die Liebe mittendrin ein dekoratives Moment. Prestigeträchtig wie ein Mercedes Benz in der Garage. Anerkennenswert wie eine Jagdtrophäe oder eine Siegerurkunde. Schrei, Sofamensch, und streu dir Sand in die Augen, füttere deinen Selbstbetrug. Gib dir wenigstens eine gute Note für die Liebe. Eine Eins für die Heftigkeit, die du empfunden hast. Eine Eins für alle Liebesgedichte, die du Jan gewidmet hast. Eine Eins für unser erstes Frühstück auf Zeitungspapier.

Jan und seine despotische Fürsorglichkeit, nach der ich süchtig bin. Sitzen und rauchen und starren. Ich weiß, daß ich das Geheimnis unserer Geschichte verrate, aber eine verzweifelte Gehässigkeit treibt mich dazu, alles zu vereinfachen. Was erwarte ich von Jan? Daß er mich rettet? Ich kann nicht über Jan und meine Geschichte mit ihm nachdenken. Jeder Gedanke verzerrt sich im Fieber. Ich möchte weinen, aber ich kann nicht. Sitzen und rauchen und starren. Wie komme ich dazu, Jan so schamlos zu überfordern? Hören wir endlich auf, uns dafür zu bestrafen, daß wir nicht unseren Bildern gleichen. Es gibt keine gemeinsame Gegenwart. Keine Zukunft. Ich habe Angst, allein zu sterben. Ich habe Angst vor dem Häufchen Elend, das brabbelnd auf dem Sofa sitzt.

Was ist los mit dir, sentimentaler Nachtinvalide? Schluß mit den mori-bunten Phantasien. Noch wird nicht gestorben. Du brauchst keinen Jan, der deine Hand hält, während du sterbend ein letztes Bonmot hauchst. Nimm dein Leben gefälligst selbst in die Hand, und hör auf, dich hinter deinem Unglück zu verstecken. Eine vollkommene Ausrede, um alle Viere von dir zu strecken. Das perfekte Alibi, dich in deine Zimmergruft zurückzuziehen und über den Staub auf deinem Regal nachzudenken. Lächerlich.

Sitzt auf deinem Sofa und betrachtest die Spinnweben an der Decke. Moderst schon zu Lebzeiten vor dich hin. Du tragisches Gespenst. Sicherlich, ein Besen ist ein banaler Gegenstand, aber wirksam. Tu etwas. Räum sowohl in deinem Zimmer als auch in deinem Kopf auf. Du bist nicht der einzige, der Angst hat. Deine morbide Selbstverliebtheit ändert nichts. Spring über deinen Schatten und riskiere etwas. Deine müde Schlaflosigkeit ist ein Zustand, den du auch selber züchtest. Hast dich in deinen Schmerz geflüchtet und zelebrierst ihn wie ein tägliches und nächtliches Ritual. Bist verdächtig routiniert in deinem Unglücklichsein. Bleibst zwanghaft vor jedem Beerdigungsinstitut stehen und hüpfst mit nekrophiler Flinkheit in alle Särge. Immer wieder das gleiche Kopfrattata, ob du nun beerdigt oder aber verbrannt werden willst. Mal triumphiert die eine, mal die andere Vorstellung, abhängig von der jeweiligen Wetterlage. Detailbesessen inszenierst du Horror-Szenarien, als wolltest du Mister Poe nachahmen. Die hungrigen Würmer, von denen du dich schon jetzt auffressen läßt, wechseln sich ab mit dem Feuer, das du voreilig anzündest. Findest in jeder Zeitung zuerst die Todesanzeigen. Und dann wunderst du dich, daß du von Alpträumen gejagt wirst.

Mein Zimmer. Meine Nacht. Mein immerwiedergleiches Selbstgespräch. Ich spreche zu mir, und ich höre mir zu, aber ich packe es nicht, meine Situation zu verändern. Immer wieder die gleichen Absichtserklärungen, die ich wie einen Rosenkranz herunterbete: Ich werde aus meinem Zimmerknast ausbrechen, werde nicht länger meine Angst wie einen kostbaren Schatz bewachen, werde eine Anzeige aufgeben und mit jemandem zusammenziehen. Eine neue Herausforderung, ein neuer Kiez. Neue Gedanken und neue Gefühle. Ich werde akzeptieren, daß ich es nicht aushalte, alleine zu leben. Ich werde aufhören, mich in meine depressive Privatheit einzuspinnen, werde mich in der Aidshilfe engagieren und anderen und mir selbst helfen.

Ich werde aufhören, meinen Jankummer zu hüten und mich frei machen für neue Begegnungen, vielleicht sogar noch mal jemanden kennenlernen, der mir feuchte Hände und Herzklopfen macht, jemanden, den ich nicht mit meiner Kindersehnsucht überfordere, den ich lieben kann, ohne ihn umzudichten, jemanden, der mich annimmt, ohne mich in ein Bild zu sperren. Ich werde endlich eine Therapie beginnen und versuchen, mein Chaos zu bändigen, werde über mich nachdenken, ohne meine handfesten Probleme zu mystifizieren, werde nicht länger alles verdrängen, was mich bedroht, ich werde, ich werde, ich werde ...

Nachdenken über mich und das, was ich für meine Geschichte halte. Meinen Spuren folgen, von diesem Sofa in diesem Zimmer in dieser Nacht bis zu den Anfängen in F. Von der Altenbraker Straße in Berlin zurücklaufen in die Marburger Straße in F., wo ich mit meiner Mutter hauste. Zum Detektiv meiner eigenen Biographie werden und die Splitter des bunten Scherbenhaufens ordnen, auch das Ungelebte und Versäumte. Den Entwurf meines Lebens betrachten, mit kaltblütiger Sachlichkeit. Banalität und Durchschnittlichkeit aushalten. Beweise sammeln, aber wofür? Immer wieder zwinge ich mich zu Erinnerungen an mich selbst, als müßte ich mich von meiner eigenen Existenz überzeugen, als wollte ich mir selbst beweisen, daß es mich gegeben hat. Mein nächtliches Tribunal. Wovon will ich mich freisprechen? Wen oder was will ich anklagen?

Rückwärts denken, während mich etwas Dunkles vorwärts stößt. Mich mit der Zeit verbünden und sie zu meiner Komplizin machen. Mich mit der Zeit versöhnen, die vergangen ist, und einen Pakt schließen mit der Zeit, die noch bleibt.

So tun, als schlügen sich alle Uhren dieser Welt auf meine Seite. Als bliebe mir genug Zeit, meinen Weg bis in dieses Zimmer zu verstehen. Gehversuche in meine Richtung, Annäherungsversuche an den, der auf dem Sofa sitzt und über sich nachdenkt. Den korrupten Detektiv in mir kontrollieren und ihn daran hindern, mich auf eine einfache Formel zu reduzieren. Mit geübter Flottheit Binsenweisheiten aneinanderzureihen und daraus eine vermeintliche Logik zu rekonstruieren. Schuldige ausfindig zu machen, hinter denen ich mich und meine Niederlagen verstecken kann. Irgendeinen Sündenbock, dem ich meine Rechnungen präsentieren kann. »Wir müssen für alles bezahlen«, war ein weiterer Satz, mit dem meine Mutter die ersten Kapitel meiner Geschichte einleitete. Was für eine »Schuld« brauche ich, um meine unersättliche Lust am Leiden zu nähren, welche Rechnung will ich begleichen?

»Hör auf, über dich und dein verpfuschtes Leben nachzudenken, als gäbe es da irgendwo ein Geheimnis, das du ergründen müßtest. Schwule enden halt immer tragisch. Das weiß doch jeder«, flüstern die Gespenster, und ich sitze auf dem Sofa und klage an, das Leben an sich und mein Leben im besonderen. Den Tod schon zu Lebzeiten und den Tod, der einem das Leben nimmt, ohne daß es stattgefunden hat. Ich klage an, die einfallslose Dramaturgie meiner Geschichte, die alle Bilderbuch-Vorurteile bedient und bestätigt.

Was für eine kitschige Idee, den unehelich geborenen Volker die ersten drei Jahre seines Lebens ins Heim zu stecken, weil seine ängstliche Mama auch noch im Alter von vierzig Jahren ihrer Mutter gehorcht, die den Bastard nicht in der gemeinsamen Wohnung duldet. Nach dem Tod der autoritären Großmutter kommt Volker zu seiner Mama, die ihn verhätschelt und zu einem altklugen Muttersöhnchen erzieht. Natürlich wird das Muttersöhnchen Klassenclown und Außenseiter, und natürlich, wir können uns auf die plakative Folgerichtigkeit verlassen, entdeckt Volker mit sechzehn Jahren, daß er schwul ist. Die verstohlenen Blicke des Sechzehnjährigen auf dem Schulhof, sein heimliches Begehren, das sich in seinen Augen verrät. Alles paßt ins Bild, der gehetzte Blick, dieser verdächtige Mangel an Selbstbewußtsein. Hier handelt es sich offensichtlich nicht nur um harmlose Pubertätskonflikte, diese Qual entlarvt etwas Befremdliches. Wie kommt es, daß sich jeder in seiner Gegenwart so befangen fühlt? Während seine gleichaltrigen Mitschüler ihre ersten Freundinnen spazierenführen, wandert Volker allein über den Schulhof. Merkwürdig, sein Gang! So geht einer, der etwas zu verbergen hat. Armer Außenseiter!

Im Deutschunterricht werden Autoren gelesen, deren Bücher von gesunden Problemen und normalen Konflikten handeln. Exotische Themen wie Homosexualität sind im Lehrplan nicht vorgesehen. Es herrscht ein allgemein gebilligter Mangel an schwulen Identifikationsfiguren.

Aufgewühlt von seinem Dilemma bietet der Sechzehnjährige einen Selbstmordversuch an und landet vorübergehend in der Jugendpsychiatrie. Der Zuschauer irrt nicht, wenn er vermutet, diesen Film schon einmal gesehen zu haben. Auch Serien werden so gestrickt. Die gute Hausmannskost soll möglichst vielen schmecken, die Helden werden so gebacken, daß niemand sich den Magen verdirbt oder, was noch schlimmer wäre, Appetit auf etwas Neues bekommt. Der Dramaturgie meiner Biographie scheint es das dringendste Anliegen, die Erwartungshaltungen des konservativen Feinschmeckers kulinarisch zu befriedigen. Die Story irritiert nicht und stiftet keine Verwirrung. Schließlich handelt es sich um eine homosexuelle Geschichte, die weiß, was sie sich selbst und anderen schuldig ist. Wir können uns zurücklehnen und die Taschentücher zücken. Unerschöpflich ist das Repertoire des homosexuellen Unglücks.

Schwule sind beliebte Friseure, auch wenn sie nicht Detlef heißen, und entzückende Ballettänzer, aber der Erfolg sei ihnen nur dann gegönnt, wenn sie ihn sich redlich im Schweiße ihres Unglücks verdienen. Depressionen und Alkoholprobleme sind das mindeste, was wir erwarten dürfen. Man stelle sich vor, ein Homosexueller wäre erfolgreich und glücklich, nicht auszudenken. Auch die Minderheit der Toleranten könnte eine solche Provokation nicht verzeihen. Solange ein Politiker wegen seiner Homosexualität erpreßbar ist, ist die Welt in Ordnung. Auch die liberale Öffentlichkeit verlangt ein gerüttelt Maß an Problematik, vor allem aber Heimlichkeit. Das wissen die schwulen Taxifahrer und die schwulen Rechtsanwälte, die schwulen Bäcker und die schwulen Lehrer, die schwulen Politiker und die schwulen Industriellen, das wissen die schwulen Stützen der Gesellschaft und bleiben unsichtbar. Dafür dürfen unsere engagierten Alibi-Schwulen auch mal im Fernsehen auftreten. Sie dürfen schwule Lieder singen und in den Talkshows über sich sprechen, aber nur, solange ihre Andersartigkeit eine Schlagzeile wert ist, ein pikantes Gerücht, einen kleinen Skandal. Wir sind bereit, sie als schrille Vögel und Entertainer zu integrieren, aber Zeugungswilligkeit bleibt das Maß aller Dinge. Wer anders ist, muß seinen Preis bezahlen und sich von Zeit zu Zeit mal vor die U-Bahn werfen. Unglück oder Selbstverleugnung ist der Preis, den es zu entrichten gilt. Der Stammtisch-Hetero jubelt dem schwulen Star zu, was ihn nicht daran hindert, bei anderer Gelegenheit der geschminkten Tunte die Fresse zu polieren.

Kamera auf den Kettenraucher Mario, der auf dem Sofa sitzt und sich an Volker erinnert. Große Rückblende mit entsprechender Musik. Vielleicht etwas aus der Symphonie Pathétique von Tschaikowski, der aus seinem Anderssein so dunkelsüße Musik zu komponieren wußte. Munkelt man nicht, daß er mit Absicht das verseuchte Wasser trank, das seinen Todesdurst stillte? »Schwule enden halt immer tragisch«, flüstern die Kopfstimmen dem Vierunddreißigjährigen zu, der jetzt rückwärts denkt aus seinem nächtlichen Gefängnis vor die Gitter des Sechzehnjährigen.

Sie haben mich gefangen. Die weißen Vögel. Glotzt nur mit euren akademischen Augen. Euer studiertes Himbeerbonbonlächeln erreicht mich nicht. Ich bin euer Gefangener, aber ich werde nichts sagen. Kein Wort, das ihr analysieren könnt, um mich dann in eure maßgeschneiderten Bilder einzusperren. Gafft nur und berauscht euch an euren lächerlichen Mutmaßungen über mich. Den erfolglosen Selbstmörder, der jetzt am Fenster steht und die Gitterstäbe zählt, die es gut mit ihm meinen. Eure sanften Psychologenblicke prallen an mir ab. Besichtigt das sechzehnjährige Problemtier in seinem Käfig. Ich werde nicht brüllen. Nicht fauchen und nicht schreien. Wartet ihr darauf, daß ich knurre und die Zähne fletsche? Kleine Solovorstellung eines gestörten Jugendlichen für die wohlerzogene Elite derer, die wissen, wo es lang geht. Tut mir leid. Ohne mich. Oder wäre es euch lieber, wenn ich mit dem Schwanz wedelte und mich dankbar auf das Fressen stürzte, das ihr mir hingestellt habt. Ich habe mir die Suppe eingebrockt, also muß ich sie auch auslöffeln. Das ist nicht meine Logik. Nehmt das vitaminhaltige Fressi-Fressi und füttert einen anderen Wauwau. Einen tollwütigen Köter, der sich mit eurer Hilfe in ein gehorsames Schoßhündchen verwandeln wird.

Ich sitze in der Falle, aber ich werde euch nicht erlauben, mich zu dressieren. Ich will nicht in euren Zoo. Keine Kunststücke für das Publikum, das so stolz auf seine Normalität ist. Hochverehrte Zuschauer! Erleben Sie die Sensation! Ein sechzehnjähriger Junge, der sich noch gestern umbringen wollte, schlägt heute für Sie einen Purzelbaum. Vorwärts und rückwärts. Applaus für einen Sechzehnjährigen, den wir bekehren konnten. Standing Ovations für einen Geheilten, der sich nach erfolgreicher Therapie nichts sehnlicher wünscht, als so zu sein wie die anderen. Sucht eure Erfolgserlebnisse woanders. Ich pfeif auf eure Binsenweisheiten und eure selbstgefälligen Statistiken. Achtzig Prozent der verwirrten Jugendlichen sind heilbar. Therapierbar. Analysierbar. Katalogisierbar. Interpretierbar. Etikettierbar. Dressierbar und normalisierbar. Rasselt nur mit euren großen Schlüsseln in den Taschen. Ich fürchte mich, aber das werde ich euch nicht zeigen. Ihr schließt die Türen hinter mir, und ich verschließe meine Gedanken vor euch. Tut mir leid, daß Ihr vergeblich so viele Semester Psychologie studiert habt.

Dressiert euch selbst. Ich werde nichts sagen. Auch nicht zu Sven, der mit seinem examinierten Pfleger-Lächeln über den Flur schleicht und einen auf Kumpel macht. »Hey, ich bin Sven«, sagt er am ersten Tag zu mir und schüttelt meine Hand, als wollte er einen Baum ausreißen. Zwinkert mir zu und lächelt mir seine grelle Zuversicht in die Augen. Seinen Optimismus kann er sich sonstwohin stecken. Sein albernes »Kopf hoch«. Ich lasse mich nicht bluffen. Sven ist wie all die anderen weißen Geier ein Komplize der Psychologen. Seine Freundlichkeit ist ein alter Trick. Ich lasse mir nicht ins Hirn pinkeln. Von keinem. »Wir wollen dir helfen.« Können vor lauter Verständnis kaum aus den Augen gucken. Kriegen einen Herzinfarkt vor Begeisterung, wenn man etwas sagt, das sie in ihre Fremdwörter packen können. Begrabt euch mit euren dicken Fachwerken. Niemand wird euch und euren psychologischen Fremdwörterfriedhof vermissen.

»Möchtest du eine Zigarette?« fragt Dr. Brahm und macht ein kerniges Von-Mann-zu-Mann-Gesicht. Sieht aus wie ein Bleistiftverkäufer, der Cowboy spielt. Reitet mit einer Herde texanischer Rinder durch das Behandlungszimmer, das meine Augen mit abstrakter Kunst anödet. Bunte Kreise und Dreiecke und Fragezeichen. Geschmäcklerisches für den ausgeflippten Jugendlichen mit Geschmack. Da rauschen die Assoziationen wie eine Mittelohrentzündung. »Der Kreis ist meine dicke Mama, und ich bin das Dreieck. Können Sie mir helfen, Herr Doktor? Als ich drei Jahre alt war, hat meine Mama mir den Bausparvertrag vorgelesen. Seitdem glaube ich, daß ich eine schwarze Aktentasche bin. Meine Mama ist ein Ziegelstein und Papa eine Nachttischlampe.« Das rote Fragezeichen auf schwarzem Hintergrund für die gestörte Kindheit einer Krawattennadel. »Jeder Mensch braucht ein Laster«, säuselt Dr. Brahm und zündet sich eine Zigarette an. Mit weißen Händen, die sich bei Mozart und Kerzenschein einen runterholen. Die texanischen Rinder lachen sich tot, und der Cowboy wird von dem gelben Mama-Kreis verschluckt. Gnadenlos sind Cowboymütter.

»Ich möchte lieber einen Schokoladenkeks«, sage ich mit verpiepster Kleinkinderstimme und schaue in eine andere Richtung. Trotzdem rieche ich das nachsichtige Onkel-Doktor-Lächeln, das sich wie ein billiges Parfüm im Raum verbreitet. Er stinkt mir, der Saftarsch. Glaubt, er könne mich mit einer Zigarette ködern. So billig bin ich nicht. Jetzt schweigen wir beide um die Wette. Kommst dir wohl sehr schlau vor, Herr Seelenforscher. Knallfrosch. Hast Routine mit widerspenstigen Jugendlichen. Das verstockte Bübchen werden wir schon zum Sprechen bringen, denkst du. Wenn nicht mit einer Zigarette, dann mit Geduld und Nachsicht. Hockst da wie eine fette Spinne und betrachtest die Fliege, die dir ins Netz gegangen ist.

Wieviele Sechzehnjährige haben schon so vor dir gesessen? Mit eingezogenen Schultern und abgewandtem Gesicht. Du rauchst und lächelst mild und süß wie Hagebuttentee. Denkst an all die vielen Fälle, die du gelöst hast. Du verkrachter Sherlock Holmes der Seele. Ich sehe vielleicht aus wie ein dummer, verpickelter Junge aus der Kleinstadt, aber ich bin ein altkluges Monster. »Schrecklich frühreif«, wie unsere Nachbarin immer sagt. Frau Brandt mit der schrillen Stimme und den roten Flecken am Hals. Hysterische Tante, die nur dann entspannt ist, wenn es einen Skandal gibt. Eine Fehlgeburt in der Nachbarschaft, eine pikante Abtreibung oder aber ein leckerer

Selbstmordversuch. Hängt jetzt wahrscheinlich am Telefon und verbreitet die frohe Nachricht. »Haben Sie schon gehört? Der Sohn von Frau Wirz hat versucht, sich umzubringen. Ja, genau, der Volker. Ich habe immer gesagt, daß etwas nicht mit ihm stimmt. Ist doch kein Wunder, wenn einer ohne Vater aufwächst. Bei unehelichen Kindern kommt so etwas oft vor. Habe ich in der Zeitung gelesen. Die arme Frau Wirz. Das kann nicht gutgehen, wenn man mit einundvierzig Jahren noch ein Kind kriegt. Und dann auch noch so. Sie hat dem Volker alles durchgehen lassen. Ihn ausstaffiert wie einen Grafensohn. Und dann kein Geld mehr gehabt, um zum Friseur zu gehen. Mir tut die Frau so leid. Jetzt ist er in einer Nervenheilanstalt oder so. Ich glaube nicht, daß so was heilbar ist. Einmal verrückt, immer verrückt.«

Dr. Brahm reicht mir ein Tempotaschentuch. Was bildet er sich ein, der Seelenfänger? Wichs dir selber einen. Alles auf Vorrat da, auf alles vorbereitet. So einer verläßt nicht das Haus, ohne den Regenschirm mitzunehmen. So einer kalkuliert auch das Unmögliche ein. Mit Geduld und Nachsicht. Die sanfte Tour verspricht den größten Erfolg. Wenn einer zu laut schreit oder das abstrakte Fragezeichen von der Wand reißt, kriegt er eine kleine Trallala-Spritze oder ein Hopsasa-Pillchen. Alles auf Vorrat da. Aber ich bin nur ein harmloser Schweiger, der jetzt die Mühe des Dompteurs mit einer Krokodilsträne belohnt. »Mir ist etwas Rauch ins Auge gekommen«, sage ich und schneuze in sein doofes Tempotaschentuch, was mich ärgert. Aber ich habe keine Lust, daß mir der Rotz aus der Nase läuft, während der weißbekittelte Cowboy seine Fragen wie ein Lasso nach mir auswirft.

»Willst du nicht in den Tagesraum. Zu den anderen?« fragt Jürgen und betrachtet mich wie ein lästiges Insekt. Ich steh mal wieder auf dem Flur herum. Vor meinem Lieblingsfenster. Vor meinen Lieblingsgitterstäben. Die Anstaltsleitung weiß, was arme Irre brauchen. Ein bißchen Natur vor dem Fenster. Mit Himmel und Baum und so. Hilfspfleger Jürgen mag keine Typen, die rumhängen. Sich so uneffektiv gehenlassen. Hilfspfleger Jürgen studiert Psychologie und sammelt hier Erfahrungen. Ihm ist ein ordentlicher Wutausbruch lieber. Den kann er fachmännisch fixieren. Ich mag sein bebrilltes, dickes Chefarztgesicht, seine muskulösen Arme, die mich nachts in meinen Träumen halten, aber ich verrate nichts von mir. Die anderen verraten sich selbst rund um die Uhr. So einen wie Jürgen durchschaue ich sofort. Ihm strömt der Ehrgeiz aus allen Poren. Kann es nicht erwarten, bis alle Herr Doktor zu ihm sagen. Er leidet darunter, daß er noch nichts zu melden hat. Daß ein examinierter Pfleger wie Sven über ihm steht.

Wie sie mich alle anöden. Der kleine, flinke Sven mit seiner Kumpelmasche und seinem Kaugummi-Grinsen. Der dickliche Jürgen mit seinen Streberaugen. Dr. Brahm mit seinem Tempotaschentuchverständnis. Bin selber schuld, daß ich in ihre Falle gegangen bin.

Selbstmord mit Schlaftabletten. Lächerlich. Feige und betulich und absolut dilettantisch. Ein halber Tod für Amateure. Ein Hobbyselbstmordversuch. Warum habe ich mich nicht wie die krebskranke Mutter von Gerlinde vor den Zug gestürzt? Ein müdes Herbstblatt fällt allein vom Baum. Beteiligt sich nicht am großen Kollektiv-Fall. Fällt für sich allein. Muß aufpassen, daß ich hier nicht wirklich verrückt werde. Diesen Triumph gönne ich ihnen nicht. »Nein. Ich will nicht in den Tagesraum. Zu den anderen«, sage ich und bin wütend, daß meine Stimme noch immer verheult klingt. Kann nur hoffen, daß mein Gesichtsausdruck nichts von meinen nächtlichen Träumen verrät. »Wie du willst«, antwortet Hilfspfleger Jürgen wohlartikuliert, jeder Buchstabe eine Spritze. Dann geht er über den Flur. Mit großen, wuchtigen Chefarztschritten. Ich schau ihm hinterher und setze mich auf seine breiten Vaterschultern. »Nimm mich huckepack, Daddy«, kichert etwas Dunkles in mir und stößt mich von der Schaukel.

Ich lande wieder auf meinem Sofa in Neukölln. Zwischen Aufruhr und Verdrängung. Den nächtlichen Detektiv daran hindern, mir im nachhinein eine Erklärung zu stricken, die meiner Geschichte wie angegossen paßt. Eine funkelnagelneue Antwort auf alte Fragen, die ich mir erst jetzt stelle.

Warum erzählt der sechzehnjährige Volker nichts von seinem wirklichen Problem? Ich verschweige meine schwulen Träume und Ängste und lasse mir ein dickes Fell wachsen. Verberge mich hinter Mißtrauen und Kälte, die mich wie ein Panzer vor den flotten Diagnosen der Psychologen schützt. Ich klettere in meine Rüstung und spiele den verwirrten Jugendlichen, um mir ein Etikett aufkleben zu lassen. Damit alles seine Ordnung hat. Damit die anderen zufrieden sind und mich in irgendeiner Schublade verschwinden lassen. Damit sie mir ein Fremdwort überstülpen können und mir erlauben, meine Koffer zu packen. Mit meinem appellativen Selbstmordversuch habe ich zum letzten Mal meine Gefühle einer Deutung ausgeliefert. Von nun an verrate ich nichts von dem, was mich quält. Es gibt mich und die anderen. Die anderen sind in der Mehrheit. »Ich muß aufpassen. Darf keine Schwäche zeigen. Muß mich tarnen«, denkt der Sechzehnjährige und richtet sich in seinem Feindbild ein. »Die Karriere eines emotionalen Krüppels, beginnt sie nach deinem Selbstmordversuch?« fragt Mario. Volker gibt keine Antwort.

Ich lerne die Kunst der Verstellung und verachte Dr. Brahm dafür, daß er mich nicht durchschaut. »Sie sind doch ein intelligenter junger Mann«, sagt mein Cowboy-Psychologe, als hätte mein Selbstmordversuch etwas mit meinem IQ zu tun. Ich lächele auf seinem Niveau und bin auf der Hut. Auch vor den anderen, die mich beobachten, um Stoff zu sammeln für ihre fleißigen Berichte. Selbst der Putzfrau trau ich nicht über den Weg. Vielleicht wird auch sie gefragt: »Na, was halten Sie von dem langen Lulatsch?« Ich spiele Komödie und verhalte mich »sozial« und »kommunikativ«. Ich verbiete mir, stundenlang aus dem Fenster zu starren und gebärde mich gesellig. Spiele mit den anderen »Mensch, ärgere dich nicht« und lache laut und harmlos, sobald ein weißer Vogel in der Nähe ist. Füttere ihre gierigen Schnäbel mit dem Wortschatz eines ganz normalen Gymnasiasten, der eine pubertäre Dummheit begangen hat. Singe das Lied der weißen Vögel und zwitschere ein gesundes, dynamisches »Hallo«, um ihrem Käfig zu entkommen.

Nachts aber färbe ich ihren beschränkten Horizont mit ihrem Blut. Wetze Messer und steche die blinden Augen aus, die mich fixieren. Einschätzen und einordnen. Beurteilen und bewerten. Nachts ramme ich meine Messer in den dicken Bauch ihrer selbstgefälligen Normalität. Ich tanze in ihrem Blut und hole mir einen runter, während ich die Wichser bestrafe. Dr. Brahm und auch den Noch-nicht-Dr. Jürgen, nach dem ich mich sehne.

Ich räche mich am Sportlehrer und meinem christlichen Vormund vom Jugendamt, der seine salbungsvolle Mittelmäßigkeit auf meine Seele schmiert. Ich lasse F. sterben und verschone auch Uwe nicht, von dem ich träume. Erfrischt vom Blutbad der Nacht, steige ich morgens wieder in mein Kostüm und sage den Text auf, den sie hören wollen.

Meine Nacht. Mein Zimmer. Archiv meiner gesammelten Müdigkeiten und Kraftlosigkeiten. Bühnenbild meiner Ausreden und Resignationen. Landschaft für ein fruchtbares Lamento. Mein Zimmer schnappt nach Luft. Jeder Winkel röchelt in vollgestopfter Bedrängnis. Auf staksigen Beinen stehen die Ikea-Regale und tragen an der Last fremder Sätze. Mein Zimmer. Mein ungesagter Satz. Meine Verschweigungen. Mein ungelebtes Leben. Die Spinnweben an der Decke beweisen nicht meinen Mangel an Ordnungssinn, sondern meine chronische Beziehungslosigkeit. Ich habe mich weder in meiner Geschichte, noch in meiner Wohnung eingerichtet. Hier haust keine »Schlampe«, sondern jemand, der allen Schlaflosigkeiten zum Trotz noch immer schläft. Keine imaginären Messer mehr, nur noch stumpfe Schwerter, mit denen Don-Quichotte-Mario eine Weile gegen die Windmühlenflügel kämpfte, bis er auch dazu zu schwach war. Sitzen und rauchen und starren. Stammeln im Kopf und mein Versuch, in den Splittern etwas Ganzes zu erkennen, einen wohlwollenden Zusammenhang, der mir hilft, mich zu erfinden. Ein dickes Fell war mir gewachsen, das mir die Todesangst jetzt grimmig über den Kopf zieht, um mich dünnhäutig auf mein Sofa zu setzen. Der Panzer, den ich mir zugelegt habe, taugt nichts mehr für meinen Krieg. Ich bin ein emotionaler Krüppel ohne Rüstung, in der ich mich vor mir selbst verstecken kann. Ohne Kostüm, das zu meinem neuen Text paßt. Ratlos und etwas neidisch blickt Mario auf Volker, der mit den Messern tanzte. Dieser zornige Sechzehnjährige mag eine Stilisierung des Vierunddreißigjährigen sein, der alle James-Dean-Filme gesehen hat, aber wir wollen ihm die Illusion erlauben, daß seine Erinnerungen nicht weniger aufrichtig gemeint sind als sein Wunsch, sich vor dem Ende etwas besser kennenzulernen.

Der sechzehnjährige Volker behält sein schwules Geheimnis für sich und debütiert als allgemein verwirrter Jugendlicher, der nach zwei Monaten erfolgreicher Komödie aus der Jugendpsychiatrie entlassen wird. Es folgen Szenen aus dem bekannten Bilderbuch eines schwulen Lebens und Scheiterns, in dem sich Volker ein neues Image zulegt. Eine neue Identität, die die Kluft zwischen ihm und den anderen willentlich vertieft. Nicht länger Volker-Heulsuse oder Volker-Zimperlich, verbirgt der »Geheilte« seine Gefühle hinter Ironie und Kälte. Er erwirbt sich den Ruf, geistreich und witzig zu sein. Schreibt Gedichte für die Schülerzeitung und das lokale Käseblatt der Stadt. Sein Provinzruhm entschuldigt sein verdächtiges Desinteresse für Fußball und Technik. Die Leute von F. nennen ihn »Spinner«, aber Volker wird nicht länger schikaniert. Er immigriert in seine Eiszone und schützt sie vor den Blicken der anderen.

»Du hast gar kein Vertrauen mehr zu mir«, klagt seine siebenundfünfzigjährige Mutter, die um ihr Mamasöhnchen trauert. Dieser kühle Schweiger ist ihr fremd, unheimlich sein Spott. »Wenn du an meinem Grabe stehst, wirst du wissen, daß niemand dich so liebt wie deine Mutter«, sagt sie, aber auch dieser Satz hat keine Macht mehr. Liebe gehört zum Inventar der Zeugungswilligen und Bäumepflanzer. Liebe ist die Lüge zwischen Frau Brandt und ihrem Mann, die sich bei ihren kläglichen Grillparties zu Tode langweilen. Liebe ist das demonstrative Herumgeknutsche zwischen Uwe und seiner Freundin Doris. Liebe ist der trockene Marmorkuchen trister Sonntagnachmittage. »Ich muß mir etwas anderes suchen«, denkt der Schülerzeitungsdichter und trampt am Wochenende nach M., wo er auf der Klappe an der Elisabethkirche seine ersten, schnellen sexuellen Erfahrungen mit Männern sammelt.

M., die romantische Universitätsstadt, dreißig Kilometer von F. entfernt. Dort befindet sich das Heim, in dem Volker seine ersten drei Jahre verbracht hat, die Zeit, an die er sich nicht erinnern kann. Dort ist die Jugendpsychiatrie, die er vergessen will. Dort läßt er zum ersten Mal die Hose runter. Zerr und rüttel. Hektisches Gefummel, abspritzen, die Hose wieder hochziehen und auseinandergehen, als hätte man sich nie berührt, was letztendlich auch der Wahrheit entspricht. Woher kennt Volker diesen Ort?

Ich erinnere mich nur noch an ein wirres Getriebensein. Süchtig nach der namenlosen Haut des anderen stehe ich an der Straße. Hände raus, engsitzende Jeans, ein laszives Lächeln auf den Lippen. Bin ich das oder irgendein Boy aus einem schwulen Pornofilm, den ich erst viele Jahre später sehen werde? Von F. bis M., über E. und W., schon unterwegs das Verlangen, verführt zu werden. Herumstreunen am Bahnhof und darauf warten, daß mich jemand anspricht. Ich will gefunden werden, von wem, von was? Ein blasser Mann mit Brille nimmt mich mit nach Hause und fickt mich. Es tut weh, aber etwas in mir zwingt mich, mein Doppelleben weiterzuführen.

Ich schreibe Gedichte für die Schülerzeitung und gebe Nachhilfeunterricht, um mir neue Klamotten kaufen zu können. Ich schau mir mit meiner Mutter die Hitparade an und trampe am Wochenende nach M., um irgendeinem Mann die Hosen runterzuziehen. Ich lasse mich treiben, ich lasse mich fallen.

David hat blonde Haare und spielt Geige. Er geht auf die Realschule, und ich muß ständig an ihn denken. Aber ich traue mich nicht, ihn anzusprechen. Ich kann nicht Hand in Hand mit ihm durch die Straßen gehen wie Uwe mit seiner Doris. Uwe und Doris. Die dicke Petra und Herbert. Eberhard und Susanne. Angelika und Bodo. Charly und Elke. Die anderen. Sie gehen Hand in Hand. Küssen sich in der Eisdiele. Tanzen engumschlungen in der Disco. Flüstern sich verliebten Unsinn in die Haare. Sitzen auf der Bank und streicheln sich. Die glückliche Zweiheit der anderen zerreißt mich. Ich bin allein, aber keine Einheit. Das sind die, die zu zweit durch die Straßen gehen. Offen und unbekümmert. Sie tun das, was nur in meinen atemlosen Träumen möglich ist. F., ein Bühnenbild für die anderen. Jedes Stück handelt von Paaren, jede Szene zeigt die Liebe der anderen. Ihr Glück verfolgt mich. Ich renne ziellos durch die Gegend und sehe überall nur Menschen, die zu zweit sind.

»Hast du schon eine Freundin?« fragt Frau Brandt und lächelt verschlagen. Die Fenster der Häuser sind lauernde Augen. Kein Schritt entgeht ihnen, keine Geste bleibt verborgen. Warum rennt er so schnell? fragen sie. Mein Herz ist eine Trommel. Schlägt wild um sich. Uwe und Doris. Petra und Herbert. Eberhard und Susanne. F. hat wachsame Ohren. Kein Gedanke läßt sich verstecken, kein Wort bleibt ungehört. Warum kann der Volker über Schwulenwitze nicht lachen? Warum beteiligt er sich nie an den Unterhaltungen über ganz normale Dinge? Warum hat er keine Freundin?

Ich trampe nach M. Nach K. Nach G. Darauf warten, daß mich jemand findet. Darauf warten, daß mich jemand rettet.

In meinen Träumen gehe ich mit David Hand in Hand. Küsse ihn in der Eisdiele. Tanze mit ihm engumschlungen in der Disco. Sitze mit ihm auf der Bank und streichele ihn. In meinen Träumen kröne ich mich zum Kaiser von F. Alle Frauen müssen auswandern, auch meine Mutter. Ich bin siebzehn Jahre alt, der jüngste Diktator der Welt. Männer sind mir untertan. Die mit den Vaterschultern und Vateraugen tragen mich durch die Straßen. Der kaiserliche Bastard sitzt auf der Schaukel und schreit: »Höher! Höher!« Alle Jungen gehorchen meinen Wünschen. Ich küsse David in der Eisdiele. Ich tanze mit Uwe engumschlungen. Ich sitze mit Herbert auf der Bank. Charly geht mit Eberhard Hand in Hand. Herbert küßt Uwe in der Eisdiele. Eberhard tanzt mit Charly engumschlungen. Ich verlasse mein nächtliches Traumreich, um am anderen Morgen Romeo und Julia im Englischunterricht zu treffen. »Warum nicht Romeo und Julian?« denkt Volker und träumt weiter. Ich träume gegen die Übermacht der anderen. Korrigiere die Weltliteratur und verwandele das Käthchen von Heilbronn in Kurt, in den sich Graf Wetter vom Strahl verliebt. Schreibe alle Schlager um und zwinge die schnuckeligen Sänger, schöne Männer zu besingen. Drehe alle Filme noch einmal und schenke ihm und ihm ein Happy-End. »Explain the social conflict which kills Romeo and Julia«, fordert mich die Englischlehrerin auf und lächelt spöttisch. Ich spreche von Romeo und Julia und denke an Volker und

David. Ich bin siebzehn Jahre und warte auf meine Volljährigkeit. Ausbrechen aus dem Marmorkuchenknast, und alles hinter mir lassen. Die Normalität der anderen ist eine Hölle. Ich bin ein Fremder. Ich gehöre nicht dazu. Wohin gehöre ich? Zu meinen Toiletten-Romeos? Meistens verklemmte, ängstliche Männer und unglückliche Familienväter, die schnell und heimlich auf irgendeinem Pissoir ihrem wahren Selbst einen runterholen. Ich fürchte mich vor ihren unsicheren Augen. Ich fürchte mich vor dem Gestank ihrer Einsamkeit. Ich will nicht so werden wie sie. Ich bin siebzehn und zähle die Tage, schreie Gedichte aufs Papier und führe ein Doppelleben. Volker auf der Klappe. Volker, der am Bahnhof herumstreunt. Volker mit runtergezogenen Hosen. Zerr und rüttel. Ekel und Gier und eine Sehnsucht, die mich auseinandersprengt. Ich treibe es mit fremden Männern und schau mir abends mit meiner Mutter einen Marika-Rökk-Film an. Heile Welt und trallala. Ich schreibe Gedichte, aber ich ersticke an meiner Sprachlosigkeit. Der Himmel über F. ein Spitzendeckchen. Es ist eng, ich kann nicht atmen, ich kann nicht denken, ich kann nicht sein. Habe keine Worte für das, was in mir passiert. Auch die Sprache gehört den anderen. Die Gartenzwerge verteilen die Sätze, die mich zum Ausländer machen. Ich kann nicht mitreden. Ich verstehe nicht, und ich werde nicht verstanden.

Der siebzehnjährige Volker züchtet sein Pathos zwischen Größenwahn und Minderwertigkeitskomplexen. »Was habe ich zu tun mit ihrer gutgelaunten Langeweile, ihrer feisten Bedeutungslosigkeit? Ich bin etwas Besonderes«, denkt Volker, bevor er einschläft, und wacht am anderen Morgen auf, um sich vor seiner »Besonderheit« zu fürchten und sie zu verachten.

In meiner Klasse wimmelt es von zukünftigen Ärzten und Lehrern, Rechtsanwälten und Ingenieuren. »Ich werde Schauspieler«, verkünde ich der Klasse, die diese Information ohne Erstaunen in ihr Bild von mir aufnehmen kann. Schauspieler, der richtige Beruf für einen Spinner, der immer etwas aufgeregt mit Händen und Füßen spricht. »Weißt du noch, wie du früher immer die Pauker nachgemacht hast?« fragt Uwe und lacht harmlos. Ich weiß es noch und blicke cool.

Wie komme ich zu diesem Berufswunsch? Zweimal war ich mit der Schule im Schauspielhaus K., ich habe keine Ahnung von der Wirklichkeit des Schauspielerberufes, aber darum geht es auch nicht. Ich entscheide mich für einen Mythos. Wenn ich schon anders bin, dann soll meine Andersartigkeit mir Ruhm und Bewunderung einbringen. Ich will eine glamouröse Andersartigkeit, keine heimliche, klägliche, die mit rotem Gesicht in einem Pissoir verschwindet. Mein Berufswunsch offenbart die Hoffnung, meinem Anderssein eine Nische schaffen zu können, eine Zone, die mich vor den Sauerkraut-Vorurteilen der anderen schützt. Ich glaube, daß ich in der Welt der Künstler lauter Auserwählte treffen werde, die sich jenseits aller Zwänge ihre eigenen stolzen Gesetze schaffen. Ein Paradies für Spinner und Sonderlinge, für ehemalige Klassenclowns und Außenseiter.

»Willst du nicht lieber etwas Praktisches lernen, um deine alte Mutter zu unterstützen?« fragt Nachbarin Brandt bei einem Kaffeetrinken, aber meine alte Mutter schüttelt den Kopf. »Volker ist wie ich. Wir sind nicht praktisch. Wir sind etwas weltfremd«, sagt sie und lächelt vornehm.

Alles hinter mir lassen. Die Jahre in F. abschütteln wie einen bösen Traum. Ich stolpere über die Wahrheit meiner Mutter. Falle in ihre Geschichte wie in eine unheilbare Krankheit. Infiziere mich an ihren Lebenslügen, die mich lähmen und untauglich machen. Tödlicher Muttervirus.

Mutterspinne, die mich hineinzieht in den Kokon ihrer Niederlagen.

»Ich habe immer Opfer gebracht«, sagt sie und spinnt mich in ihr Netz, das mich nie wieder freigeben wird. Kein Entrinnen. Ich gerate in lebenslange Gefangenschaft. Ich liebe meine Mutter. Ich hasse meine Mutter. Unsere vollgestopfte Wohnung, Bühnenbild für eine gelungene Wirklichkeitsflucht.

Zerbröckelndes Domizil eines langlebigen Selbstbetruges. Das Gemälde meiner adligen Urgroßmutter, das die Hälfte des engen Wohnzimmers auffrißt. »Du hast ihre schmalen, feingliedrigen Hände. Und ihre Grübchen in der Nase«, sagt meine Mutter und sperrt mich ein in ihre Luftschlösser. Geschichten von Dienstmädchen und Glanz, den auch meine Mutter nur aus den Erzählungen ihrer Mama kennt, die es bereut, einen Bürgerlichen geheiratet zu haben. Jetzt leuchten nur noch die Augen meiner Mutter, die dem sozialen Abstieg und ihrer kleinen Rente einen verbalen Purpurmantel näht. Aber auch die Worte glänzen nur noch matt, weil sie immer wieder unsere »gute Herkunft« wie ein Gespenst heraufbeschwören.

Meine Mutter und ihr Vater, der Herr Oberregierungsrat. Meine Mutter und ihr erster Mann, der stramme Offizier und Nazi, der sich kurz vor dem Ende des Zweiten Weltkrieges umbringt. »Wäre er auf dem Feld der Ehre gefallen, bekäme ich jetzt eine gute Witwenpension«, sagt meine Mutter. Meine

Mutter, die mit ihrer zweijährigen Tochter ins Elternhaus zurückkehrt, um sich von ihrem Vater schlagen zu lassen, den sie fürchtet und bewundert. Rückkehr in die Unselbständigkeit und Tochterrolle, die sie bis zum Tode ihrer Eltern übernimmt. Meine Halbschwester, die sich in eine frühe Ehe mit einem autoritären Spießer flüchtet, der ihren Vater mimt. Meine vaterorientierte Mutter, die erst nach dem Magenkrebstod ihres Vaters eine Beziehung zu ihrer Mutter aufbaut. Das tyrannische Vaterregiment wird abgelöst von der Herrschaft meiner Großmutter, die ihre ängstliche Tochter als »Zofe« braucht für die feudalen Inszenierungen ihrer Kindheitserinnerungen und Ansprüche. Meine Großmutter, die einen Grafen hätte heiraten können und alle dafür bestraft, daß sie ihr hochwohlgeborenes Leben an einen Oberregierungsrat verschwendet hat.

»Meine Mutter kaufte Erdbeeren nur im Winter, wenn sie teuer waren«, erzählt meine arme Mama immer wieder und zückt diesen Satz wie ein Familienwappen. Meine Mutter, die sich mit vierzig Jahren in einen verheirateten Mann verliebt, der sie in einem Hotel in M. verführt. In der Nähe der Elisabethkirche werde ich gezeugt. In der Nähe jener Klappe, auf der ich siebzehn Jahre später herumlungern werde. Mein gutaussehender Vater, den ich nur von einem Foto kenne. Meine Mutter, die mich nach dem Tod meiner Großmutter aus dem Heim holt, das mir keine Erinnerungen hinterläßt.

»Ich habe nur für dich gelebt. Du warst mein Sinn, mein Lebensinhalt«, sagt meine Mutter, und ihr Satz krabbelt auch durch diese Nacht. Auf tausend Spinnenbeinen. Legt Eier ab in allen Winkeln meines Zimmers und vermehrt sich bis zu meinem letzten Atemzug.

Mein fruchtbarer Tod. Meine Ausrede, mein Alibi. Meine Nacht. Mein Netz, in dem ich zappele. Gefangen in einem Schuldgefühl, das die Spuren zeichnet, vom siebzehnjährigen Volker bis zum vierunddreißigjährigen Mario, der auf seinem Sofa sitzt und sich hysterisch einspinnt in die Spinnweben an der Decke. In allen Ecken und Ritzen lauern die Muttersätze, mächtig und irrational. Ich lasse mich fangen und wehre mich nicht länger. Ergebe mich meiner schwulen Bilderbuch-Biographie, zelebriere mein Pathos, mein nächtliches Lamento. Drei Jahre Heim, die Vaterlosigkeit, meine neurotische Mutterbindung. Wovon will ich mich freisprechen, wen oder was will ich anklagen? Die Flucht des Siebzehnjährigen endet auf dem Sofa des Vierunddreißigjährigen.

»Hast du es noch jemandem erzählt, daß du infiziert bist? Wenn du an meinem Grabe stehst, wirst du wissen, daß niemand dich so geliebt hat wie deine Mutter. Du bist mein Sinn, mein Lebensinhalt. Du bist mein kleiner Mann. Ich brauche dich. Ich habe immer Opfer gebracht. Man muß für alles bezahlen. Man muß sich anpassen.« Meine alte Mutter schläft 550 Kilometer entfernt von meiner Nacht, aber ihre Sätze wachen über mich, bedrohlich und rüstig.

»Ich hasse meine Geschichte«, ruft der Vierunddreißigjährige dem Neunzehnjährigen zu, der gerade die Koffer packt, um sein Leben in Berlin zu beginnen.

Nicht die Lust bereue ich, die ich mit anderen teilte. Kein sinnlich vergnügtes Abenteuer, das mich mit Scham erfüllt. Damals nicht und jetzt nicht. Trauer empfinde ich über die »Fickmaschine«, die ich lange war. Eingeschlossen in Körperfeindlichkeit. Ein unerbittlicher Automatismus zog mich von Klappe zu

Klappe. Ohne Lust zerrte »mann« schnell und grob aneinander herum. Zerr und rüttel. Eine gymnastische Unsäglichkeit für Männer, denen man nach wie vor beibringt, ihre Sexualität zu verachten. Und damit sich selbst.

Wäre doch alles ein bacchantisches Fest gewesen, an das ich mich jetzt erinnern könnte. Ein mannstoller Rausch aus Körper und Seele.

Auch mein Schwanz war lange Zeit nur ein technisches Organ, das munter funktionierte. Potentes Prachtexemplar eines Gefühlsinvaliden. Ich konnte ficken, aber nicht küssen.

»Steh ich nicht so drauf«, knurrte ich, wenn jemand meinen Mund suchte. Ich war ein emotionaler Krüppel, der seine sportlichen Verrenkungen in irgendwelchen Parks mit sexueller Freiheit verwechselte. Jeder schnelle »Fick« bestätigte mich in dem, was ich für meine Männlichkeit hielt. Michael oder Peter oder Manfred oder Klaus. Keine Dauer über den Augenblick hinaus. Austauschbar, die Nächte und ihre Körper. Ich vergaß, und ich wurde vergessen.

Es ist Nacht, und ein verkrachter Vierunddreißigjähriger erinnert sich an mich, als ich zwanzig war. Seine Schlaflosigkeit ist nicht die Schlaflosigkeit des Zwanzigjährigen, der gerade aus dem Kleinstadtkäfig ausgebrochen war.

Berlin und mein erstes möbliertes Zimmer in der Riehlstraße am Kaiserdamm. Die siebzigjährige Vermieterin Frau Undine Schulz, die sich in der Schizophrenie ihres Namens eingerichtet hatte. Sie trug wallende Kimonos und schminkte sich wie eine Hafendirne aus Marseille. Das aber hinderte sie nicht daran, zänkisch auf Ordnung und Anstand zu achten. Undine lächelte, aber Frau Schulz schmiß mich raus, als ich einen jungen Mann mit auf mein Zimmer nahm. Herrenbesuch nicht gestattet!

Berlin und die Schauspielschule in Dahlem. Die vierundachtzigjährige Schulleiterin, die mit der machtfrohen Ausgelassenheit eines rüstigen Generals über all die vielen »Berufenen« herrschte. Ihre großen Gesten und theatralischen Wutausbrüche entsprachen den Vorstellungen der Normalsterblichen von einer alten Schauspielerin. Marilyn Monroes und Marlon Brandos, die aus ihren Dörfern und kleinen Städten nach Berlin gekommen waren, um von dort aus dem Ruf Hollywoods zu folgen.

Berlin und die Nächte und die Männerwildnis. Auf der Straße. In den Parks. Auf den Klappen. In der U-Bahn. In den schwulen Bars und Discotheken, in denen Männer mit Männern tanzten. Wenn es ein Ghetto war, dann zog ich es der prallen Öffentlichkeit der Fruchtbaren und Zeugungswilligen vor. Wenn es Anonymität war, denn berauschte sie mich mehr als die Bratkartoffel-Vertrautheit derer, die in der Falle der Gewohnheit vor sich hinvegetierten. Wenn ich ein »promiskes Ferkel« war, dann mit Lust und ohne Sehnsucht nach den verlogenen Treuegelöbnissen der sich monogam Anödenden. Nacht für Nacht suchte sich mein Körper einen anderen Körper. Ein neuer Name, eine neue Wohnungseinrichtung, ein neuer Kiez. Kein Bezirk, in dem ich nicht gewildert habe. Von Kreuzberg bis Schöneberg. Von Charlottenburg bis Spandau. Von Zehlendorf bis Lichtenrade. Von Wedding bis Friedenau. Jeder neue Name bedeutete ein neues Frühstücksangebot am anderen Morgen. Von Müsli bis Leberwurst und Marmelade. Von Spiegelei bis Lachs und Sekt.

Vielleicht war ich anfangs verwundert, daß nicht alle schwulen Männer so schön und begabt waren wie

Tennessee Williams und Klaus Mann. Von einer elitären Gemeinschaft hatte ich in der Kleinstadt geträumt. Von einer Welt der Auserwählten, die ihre eigenen Gesetze schufen.

Vielleicht war ich enttäuscht, daß es mehr schwule Bankangestellte und Versicherungsvertreter gab als Genets und Baldwins. Sehr bald aber erkannte ich, daß mein kleiner Stern am Horizont ihrer Unauffälligkeit um so heller strahlte. Ich profitierte von meinem Status als Schauspielschüler, der meine eckige Magerkeit und meine Akne ausglich, die sich spätpubertär auf meinem Gesicht austobte. Die schummrigen Bars mit den roten Vorhängen, dem Plüsch und den goldumrahmten Spiegeln wurden meine Bühne. Abends kehrte ich von der Schauspielschule in mein möbliertes Zimmer zurück, das jetzt in der Bleibtreustraße war. Nie hielt ich es lange allein mit mir aus.

Mein Zimmer. Mein Sofa. Mein nächtliches Kopfrattata. Ich denke rückwärts und male ein Bild von mir, das meine Geschichte versteckt. Lauter Schwarzweißerinnerungen. Wie möchte der vierunddreißigjährige Sofamensch den Zwanzigjährigen sehen? Rückwärts laufen und mir lebendige Jahre herbeidichten.

Der nächtliche Detektiv ist korrupt und retuschiert die Kopf-Fotos. Erfinde ich mir jetzt nachträglich einen pausbäckigen Anfang, der mein Ende tröstet? Kein Happy-End, aber glückliche Erinnerungen an glückliche Zeiten. Mir geht es dreckig, ich fühle mich elend, ich bin allein, ich werde sterben, aber ich habe gelebt. Ist es das, was ich mir beweisen muß?

Den nächtlichen Detektiv zwingen, über mich nachzudenken, ohne alle Widersprüche glattzubürsten.

Das Telefon klingelt nicht. Der Schnee fällt nur noch in meinem Kopf. Schwarzer Schnee, aufgewühlt, Nachtschnee, Sofaschnee. Sitzen und starren und von den Flocken begraben werden, bis alles verschwunden ist, bis nichts mehr denkt und sich erinnern kann.

Der Wintermorgen und Jan mit der Trompete am Fenster. Der Tod schneit alles zu, der Tod macht alles still.

Ich werde ins Gras beißen, das schnell über mich und meine Kurzgeschichte wachsen wird, die ich nicht verstanden habe. Requiem für einen Lebenden. Meine mori-bunte Operette. Lach dich doch gleich tot, Sofamensch.

Der Viruswolf heult durch die Nacht. Der Viruswolf ist gefräßig. Der Viruswolf wartet auf mich. Wenn auch der Tod eine Entwicklung braucht, werde ich ihn um seine Geschichte betrügen. Ich werde mich verbrennen lassen und meinen Weg zur Asche verkürzen. Etwas Schnelles, das zu meinem Lebenslauf paßt.

Ein Profi-Trauernder vom Beerdigungsinstitut soll meine Asche über die ruhelosen Orte meines Lebens streuen. Über alle Endstationen, von Anfang an. Über meinen Hinterhof. Über die Parks und Klappen dieser Stadt, die meine Schritte verwalten. Den schwankenden Gang, mein atemloses Laufen, den Fall, meinen Sturz. Über alle schwulen Bars und Discotheken, nächtliches Theaterstück für mein gelerntes Stichwort. Treibhaus für das Gerücht »Männlichkeit«, das sich in uns fortpflanzt und komische Monster gebiert.

Auch unter meinesgleichen gebärdete ich mich männlich und pflegte das Image von einem, der lieber fickt als ficken läßt, was nur die halbe Wahrheit war. Es hat lange gedauert, bis ich mir den Luxus gönnte, mit Lust auf dem Bauch zu liegen. Die Lehren der verklemmten Wichser, in deren Schule ich das Alphabet der Lustverachtung gelernt hatte. Verinnerlicht hatte ich ihren wilhelminischen Abscheu vor den analen Freuden, ihr hysterisch-historisches Igittigitt.

Arme Irre. Ihr wißt nicht, um welches Vergnügen ihr euch bringt. Fickt weiterhin eure Statussymbole und laßt euch von ihnen ficken. Nichts zu tun habe ich mit den furunkulösen Ärschen, durch die ihr kriecht, im Namen Gottes oder im Namen des Volkes, im Namen der Karriere oder in welchen Namen auch immer.

Ich bin auch jetzt nicht verblödet genug, die Jahre der Lust zu bereuen. Ich füttere den Hunger dieser Nacht mit der Erinnerung an all die warmen Körper, zu denen ich mich flüchtete. Asche über meinen närrischen Rechtfertigungszwang, alle schlechten Noten, die jemand in mir austeilt.

Der Viruswolf heult durch die Nacht. Angst habe ich vor dem Tod, und Angst habe ich vor dem Sterben. Paranoia der Spinnweben an der Decke. Mein Kopf, ein einziges Horror-Video. Ich wache auf in meinem Sarg. Ich schreie und kämpfe mich durch die Unerbittlichkeit des Holzes und der Erde. Ich taumele über den Friedhof an der Thomasstraße. Ich lande vor einem verschlossenen Tor. Ich kralle mich an die Gitter. »Können Sie bitte jemandem Bescheid sagen, der einen Schlüssel hat. Ich will hier raus«, bitte ich die Vorübergehenden. Niemand reagiert. Jan und Rolf gehen vorbei, Hand in Hand, und sehen mich nicht.

»Rolf und ich werden uns um dich kümmern, wenn du Pflege brauchst.« In meinem Kopf die braungetäfelte Stille auf der Aidsstation im Auguste-Viktoria-Krankenhaus. Station B. Dickholzige Türen, die jeden Schrei schlucken. Fettes, qualliges Schweigen hängt über dem Flur, die unheimliche Ruhe des Unabänderlichen. Ghetto des Todes. Hier endet jede Hoffnung. Ein fast bis zum Skelett abgemagerter Türke kommt mir entgegen, schwer atmend, das Gesicht, eine offene Wunde. Seine Augen betteln um Hilfe, und ich senke meinen Blick. Ich bin mir selbst begegnet. Der Türke bin ich. Ich bin der Türke.

Dieser Flur wartet auf mich. Hinter einer dieser Türen steht mein letztes Bett.

Rainer sitzt blaß am Fenster, mit hängenden Schultern. Der Kastanienbaum draußen blüht, als wäre nichts passiert. »Ich bin positiv«, sagte mir Rainer vor vier Jahren am Tresen einer Schwulenbar. Auch ich kannte mein Testergebnis, aber ich sagte kein Wort. Es dauerte lange, bis ich aufhörte, meinen Positivbefund wie eine schwere Straftat zu behandeln. Rainer umarmt mich, und ich höre sein Herz. Wir gehen in den Patientenraum, der an eine schlampige Studentenküche erinnert. Die heitere Unordnung signalisiert eine Harmlosigkeit, die den Schrecken der Station betont. Wir sprechen über einen Film. Kein Wort rettet uns vor dem Unsagbaren. Der Türke geht an der Glastür vorbei, kommt nicht rein. Fremd in der Sprache und fremd in dem Schicksal, das ihn getroffen hat. »Der schleicht hier immer rum«, sagt Rainer, ein bißchen abfällig.

Wir sitzen im gleichen Boot, wir haben das gleiche Ziel, aber jeder reist für sich. Wir überlassen es dem Tod, über unsere Schatten zu springen. Ein Mann mit Tropf und einem dicken Ring am Finger kommt in den Raum, lächelt scheu, raucht eine Zigarette. »Die TB ist wieder ausgebrochen. Das tut sie einmal im

Jahr«, sagt er. Er spricht von ihr wie von einer Hauskatze. »Ab morgen bekomme ich nur noch eine Spritze«, sagt Rainer und sucht meine Hand. Ich habe Angst. Als könnte die Erkrankung der anderen auch meine schlafenden Infektionen motivieren, aus mir zu springen. Als fände mich der Tod hier schneller.

Zwischen Aberglauben und dem Wunsch nach Wahrhaftigkeit. Ich will mich meiner Wahrheit stellen, und gleichzeitig will ich nichts mit ihr zu tun haben.

Boulevardkomödien gegen die Tragödie, die mich schreibt. Ich verpasse mein Stichwort. Ich vergesse meinen Text. Beifall für einen antrainierten Gedächtnisverlust.

Vor zwei Jahren hatte ich mich einer Positivengruppe angeschlossen. Das gemeinsame Schicksal brachte uns nicht näher, wir hatten nichts miteinander zu tun. Martin, ein depressiver Sozialhilfeempfänger mit Alkoholproblemen, wurde von den Gutangezogenen mißbilligend beäugt und mit sadistischer Hilflosigkeit zum Gruppenclown ernannt. Martin hielt das für Zuwendung und kapierte nicht, daß man nicht mit ihm lachte, sondern über ihn.

Selbst der Unglückliche findet immer noch jemanden, dem es dreckiger geht als ihm. Solidarität ist ein Phantom-Wort wie Liebe und andere Wörter, die unsere Kälte dekorieren. Bevor uns unsere Biographie erschlägt, schlagen wir um uns, jeder so gut er kann. Die bürgerlichen Tucken waren in der Mehrheit und garnierten jedes Thema mit einer affektierten Geschwätzigkeit. Genüßlich kaute man Kuchen und den letzten Sterbefall durch. »Ach, der Uli ist ja soooo elendig krepiert, nein, wie furchtbar!« Wir trafen uns immer wieder in einer anderen Wohnung, deren Einrichtung die allgemeine Gehässigkeit inspirierte. »Du lieber Gott, wie es hier aussieht. Nein, so könnte ich nicht leben.«

Ich kehrte in mein Zimmergefängnis zurück.

Ich laufe im Kreis, und das Schicksal knallt mit der Peitsche. Jan lobt meine Tapferkeit. »Du mußt kämpfen und Zeit gewinnen.« Hinter meiner Stirn pocht das Unheil.

Was treibt mich? Vor allem eine fiebrige Unruhe, »es« nicht zu schaffen, und ich weiß gar nicht so genau, was ich eigentlich schaffen will.

Irgendwie durch die Tage und Nächte, irgend etwas tun, irgendwo sein. Alles vielleicht fürchterlich sinnlos, gar nicht darüber nachdenken, weitergehen, ohne zu fragen, weitermachen. Die Fähigkeit zur Verdrängung bringt mich um, ermöglicht aber auch den einen oder anderen Purzelbaum. Kopf in den Sand, das Herz gleich dazu. Und immer wieder der Würgegriff der Hoffnung. Die Hoffnung, die ich an einem medizinischen Artikel anzünde, um sie beim Lesen der Todesanzeigen wieder zu verlieren, bis ich erneut Hoffnung schöpfe, verzweifelt, verbissen, der totale Sieg der Ambivalenz. Kein ganzer Tod. Kein ganzes Leben. Ich bin kein Sterbender, denn noch ist die Krankheit nicht ausgebrochen, aber ich bin auch kein Lebender. Ich bin in eine Niemandszone verbannt, in ein theatralisches Dazwischen. Mein Zimmer. Meine Nacht. Meine Käfiggedanken, meine Käfigworte. Immer wieder der gleiche Refrain. Schwatzhafter Stumpfsinn.

Auf sanfte Weise das Fest verlassen, man spritzt Insulin und schläft ein, für immer, flüstert es unter der Haut. Ich glaube nicht, daß mein Tod so artig ist, ich werde wohl kämpfen müssen. Will mich nicht an meinem Sterben vorbeimogeln, will mich diesmal nicht drücken, will die Wahrheit meines Todes aushalten. Gleichzeitig will ich abhauen, bevor ich ein Pflegefall werde, will nicht auf die Hilfe anderer angewiesen sein.

»Rolf und ich werden uns um dich kümmern, wenn du Pflege brauchst.« Habe schon jetzt Angst vor ihrer heimlichen Ungeduld. Wie lange braucht der denn noch, bis er mit seinem Tod fertig ist, warum stirbt er nicht schneller?

Mein Zimmer. Meine nächtliche Pralinenschachtel. Warum engagiere ich mich nicht in der Aidshilfe? Weil ich immer noch in einer Bonbontüte lebe, in der kein Platz ist für die Wirklichkeit des Todes.

Allgegenwärtig und allmächtig der staatlich verordnete Marmeladenoptimismus. Weg mit den Kranken und Häßlichen, den Schwachen und Armen, den Alten und Gebrechlichen. Wir wollen uns amüsieren, wir wollen lustig sein. Wer nicht gut aussieht, ist selber schuld. Wer sich keine Jahreskarte für das Fitneßstudio leisten kann oder leisten will, soll auf unserem Fest nicht tanzen. Rücksichtslos, all die vielen Unglücklichen, die uns mit ihrem Jammer belästigen. Trallala und Hopsasa. Tanzen dürfen auch sie in ihrem Ghetto, aber bitte nicht auf unserer Party. Wir wollen unter uns bleiben, heiter und erfolgreich. Schließlich schicken wir unsere rüstigsten Schlagersänger und Stimmungskanonen in die Altenheime und Krankenhäuser, in die Gefängnisse und Anstalten. Wir trällern uns und die anderen zu Tode, aber der Tod selbst ist ein Tabu. Gestorben wird woanders, aber nicht auf unserem Fest. Wem die letzte Stunde schlägt, der geht rechtzeitig, leise und diskret, ohne die anderen zu stören. Wer krank ist oder arm, wird erst gar nicht eingeladen. Es sei denn, er spräche mit Anmut und Humor über sein Unglück. Nur nicht ernsthaft werden, nur nicht sentimental.

Auch über Krebs darf inzwischen heiter geplaudert werden, im Rahmen der Spielregeln. Wichtigster Imperativ, dem die Gutgelaunten augenzwinkernd gehorchen: Die vergnügte Denunziation der Betroffenen, überzogen von lüsterner Anteilnahme. Wären sie lustiger gewesen, wären sie nicht an Krebs erkrankt. Wer so was kriegt, ist selber schuld. Dem fehlt die Lebenslust. Die Lebensfreude. Eine lebensbejahende Einstellung. Das positive Denken. Das richtige Denken. Ein dynamisches »Ja« zur Existenz. Wer so was kriegt, der hat nicht genug gelacht. Nicht genug Sex gehabt. Sich nicht genug angestrengt. Unterleibskrebs verrät die schuldhafte Verklemmtheit der Erkrankten, Gehirntumor den verdächtigen Hang zur Grübelei. Die fröhlichen Barbaren diktieren den Zeitgeist. Rational und effektiv, heißt die Parole, rücksichtslos, aber gutgelaunt, skrupellos, aber optimistisch. Lachen ist gesund, und wer nichts zu lachen hat, ist ein Verlierer. Dem Tüchtigen gehört die Welt, und wer in ihr nicht überleben kann, der benutzt das falsche Deo. Ein gutes Deo bedeutet Identität und Sinn. Wer daran zweifelt, muß scheitern. Wir riechen den Versager schon von weitem. Wer sich fürchtet, soll zu Hause bleiben. Sich vor die U-Bahn werfen oder aus dem Fenster springen. Keine Einladung für die Kränklichen und Verzweifelten, nicht die Gesellschaft macht uns krank, sondern Melancholiker und Pessimisten, all die »trüben Tassen«, die über unsere flotten Witze nicht mehr lachen können.

Auch ich umgebe mich mit krachender Gesundheit und Erfolg. Unterwerfe mich mit masochistischer Heiterkeit dem allgemeinen Optimismus und meide

Menschen, denen es offensichtlich schlecht geht. Fühle mich wohl im Kreis der lustigen Plappermäuler und verbiete mir, allzu ernsthaft über meine Probleme nachzudenken. Verstecke mich noch immer hinter tausend Attitüden und Scherzen, als müßte alles immer heiter zugehen, nur keine Risse und Widersprüche zeigen, nichts Garstiges und Destruktives.

Diese Neigung, schon immer vorhanden, hat sich in der Beziehung mit Jan noch verstärkt, den schon der leiseste Schatten von »Wahrheit« bedroht und irritiert. Gemeinsam verdrängten wir noch besser. Ich kannte das Bild von Jan, der mich am meisten liebte, wenn ich humorvoll und souverän war. Seine Vorstellung von »Harmonie« verband sich mit meiner Vorstellung von »Humor«. Beide H-Vorstellungen trainierten die Akrobatik des Verdrängens und reduzierten das Leben auf eine dekorative Formel.

Wenn ich doch den Mut besäße, alle Viere von mir zu strecken, loszulassen, alles, die törichten Wünsche, die Halbherzigkeiten, den Ehrgeiz, diese verdammte Sirene im Hirn. Man muß doch funktionieren! Diese dumme Eitelkeit, das Schicksal mit Würde zu tragen, auch die kläglichste Todesangst salonmäßig zu gestalten, der ganzen Tristesse eine gewisse Eleganz zu verleihen.

Warum finde ich keine neue Freiheit in meiner Situation? Hätte nie gedacht, daß ich so geizig reagieren würde, kleinlich in der Empfindung und sparsam im Gedanken. Scheißkäfig. Ich sitze in der Falle und kann mich nicht bewegen. Manchmal erwache ich mit einer neuen Idee über die verbleibende Zeit, den widerspenstigen Rest meines Lebens, dann plumpst die kleine Utopie in den Morgenkaffee, und ich schaffe es nicht einmal, einen neuen Bäcker auszuprobieren. Ich zappele in meinem Programm, so kleinkariert es auch ist, und muß weitermachen. Aller literarischen Großmäuligkeit zum Trotz, triumphiert eine feige Konventionalität. Ab und zu lese ich von »Aussteigern« und gerate in ein passives Träumen. Das ist alles. Oder ich dichte mir einen Jan herbei, der stellvertretend für mich auf alle Konventionen pfeift und ein neues Konzept von unserem Leben entwickelt. Vielleicht auch eine Konzeptlosigkeit.

Jeder Tag wäre eine Improvisation, ein Abenteuer, ein Staunen. Jan und ich würden durch die Städte dieser Welt trampen, hier und da einen Job übernehmen und das Fest feiern, solange es dauert. Unser kleines blaues Fest. Warum feiern wir nicht? Die sogenannte Vernunft baut die Pyramide der ungelebten Tage, bis sie uns eines Morgens im Schlaf erschlägt. Nicht am Leben sterben wir, sondern an den Versäumnissen und Unwichtigkeiten. Das ist unser Tod. Die vergeudete Zeit ist es, die uns das Herz aus dem Leib reißt, bis wir uns in funktionierende Schatten verwandeln, pflichterfüllt und vernünftig in der Menge derer verschwindend, die schon zu Lebzeiten gestorben sind. Warum feiern wir nicht? Sekundanerträume. Auch ohne Rolf könnte sich Jan nie wieder in meinen Umarmungen geborgen fühlen. Jede Berührung erinnerte an das, was wir beide mit soviel Aufwand zu vergessen suchen.

Und wenn ich mir noch soviel Mühe gäbe, den zärtlichen Clown zu spielen und Jan zum Lachen zu bringen, würde sein Herz in meiner Gegenwart nie wieder unbeschwert aufatmen können. Wir sind in einer Sackgasse. So oder so.

Sitzen und starren und rauchen. Der nächtliche Detektiv füttert meinen Masochismus. Warten darauf, daß es hell wird oder der Nebel der lauernden Ungewißheiten einer entgültigen Finsternis weicht.

Sicherlich, man braucht einen Anflug von Zukunft, eine Andeutung von morgen, um »hic et nunc« zu sein, aber nicht meine potentielle Zukunftslosigkeit ist es, die mich von Jan trennt. Ich darf nicht alles mit meiner weinerlichen Sterblichkeit erklären. Jan. Mein Geliebter. Mein Bär. Mein Wildpeng. Mein Schönfell. Meine Goldpfote. Ich rief dich an, nächtlich verheult, aber du kamst nicht in unsere Höhle, um mich in den Arm zu nehmen. Ich hatte dich mit Rolf gestört, war lästig, und das zeigtest du mit knallharter Aufrichtigkeit.

»Ich liebe dich«, sagst du, aber die Liebe muß sich in den Terminkalender deiner Namen und Verstrickungen fügen lassen. Wie oft sprachst du verzückt vom »Gestank der Liebe«, eine Metapher, die wir in »Giovannis Room« von Baldwin gefunden hatten, aber im Grunde ertrugst du nicht den schwächsten Geruch. Jetzt zetere ich schon wieder in die falsche Richtung. Zwei Wahrheiten sind es, die ich nicht länger im Namen meiner frommen Lebenslügen ertragen will. Ich ertrage sie nicht mehr, deine brachiale Bürgerlichkeit, in der ich mich selbst wiedererkenne. Ich brauche deine Liebe, auch, wenn es sich um ein Mißverständnis handelt. Du zwingst mich zu jenen Kompromissen, die meine defekte Existenz noch halbwegs in Einklang bringen mit der gesellschaftlichen Wirklichkeit. Beide funktionieren wir, keine Musterschüler, aber so leidlicher Durchschnitt. Daß wir uns dabei von dem entfernen, was unser »wahres Leben« sein könnte, ist halt der Preis, den die Mittelmäßigkeit fordert. Alles geht weiter, irgendwie, lau und halbherzig. Die zweite Wahrheit ist, ich ertrage es nicht länger, daß du mich und meine Situation so heftig wegdichtest und verneinst, daß du dich so offensichtlich von meinen Ängsten bedroht fühlst, daß du nicht an meiner Seite kämpfst. Wahrscheinlich ertrüge ich es, daß du gelegentlich einen wilden Boy vernaschtest, wenn du mich lieben könntest, ohne mich zu verneinen.

So aber entgleisen die Dinge ins ganz und gar Absurde. Ich liege im Krankenhaus, und du erzählst mir von Rolf, der dreiundzwanzig Jahre alt ist und 5000 DM im Monat verdient. Ich habe Alpträume, und du schwelgst wortreich in deinen Opern-Ekstasen. All das hat natürlich auch eine diffuse Komik. Du hast es nicht ertragen, mich schwach und hilflos zu sehen, auch wenn du mich bemuttertest und pflegtest. Das tatest du und verlorst beim Pflegen deine Liebe für mich.

Ich habe Jan überfordert, mit der schamlosen Hilflosigkeit eines dreißigjährigen Kindes, das nach seinem Daddy schreit. Auf der psychischen und geistigen Ebene war ich der Papa, der verstand und verzieh, Absolution erteilte oder moralische Ohrfeigen, auf dieser Ebene konnte ich ihm etwas zurückgeben, konnte mich dafür revanchieren, daß ich Jan im Alltäglichen überstrapazierte. Was war ich die letzten Jahre? Einer, der in seiner Neuköllner Höhle unfähig vor sich hindreckte. Jan kam in meine verschmutzte Küche, in mein verschmiertes Bad, und alles war ein indirekter Hilfeschrei, eine Aufforderung, fast eine Erpressung. Ich habe es zu oft zugelassen, daß er bei mir rumschrubbte und feudelte. Und dann die Geldebene, ich kümmerte mich nicht um Synchronjobs, versuchte nicht, meine Stimme oder meine Texte dem SFB oder wemauchimmer zu verkaufen, ich saß in meinem Zimmer, dichtete vor mich hin und fürchtete mich. Sehr lange nahm ich seine finanziellen Zuwendungen für selbstverständlich, war wieder ein kleiner Junge, der sein Taschengeld bekommt. Erst in den letzten zwei Jahren ist es mir gelungen, mich durch Stipendien und Lektorate selbständig durchzuhungern, und dafür wollte ich zehntausendmal am Tag gelobt werden. »Daddy, schau, ich habe einen Job.«

Ich verbiete mir, an Jan zu denken und tue es die ganze Zeit. Mein Schmerz ist ein Wiederkäuer. Vor meinem Fenster taucht ein imaginärer Nachtrabe seine Flügel in den Schnee. Feuer und Eis. Warum tue ich so, als gäbe es noch etwas zu entscheiden? Ich spreche zu Jan, als säße er neben mir auf dem Sofa. Seine großen, warmen Hände auf meiner Haut. Alles ist längst entschieden. Ich fechte mit einem Phantom. In diesem Herzkrieg habe ich längst verloren. Die egozentrischen Schlachten des kranken Don-Quichotte-Mario, der auf dem Sofa sitzt und sich fürchtet. Vierunddreißig Jahre alt. Schwul. Hiv-positiv. Arm und allein. Was für ein schauriges Melodrama. Einsamer Sofamensch, bete deine Erinnerungen runter wie einen Rosenkranz und sei dankbar, daß die Gespenster mit dir wachen, daß auch sie nicht schlafen können. Schlaflos sind die Risse an den Wänden, schlaflos die Spinnweben an der Decke. Erinnere dich und erfinde, wo du vergessen hast, lauf rückwärts, schmerztoll durch die Scherben, ruf die Bären auf dem Ofen als Zeugen auf, auch den kleinen Löwen auf dem Regal, daß es einen anderen Winter gegeben hat, einen anderen Schnee, eine andere Geschichte.

Zurücklaufen, das Gestammel der Straße unter meinen Schritten. Mein zweites möbliertes Zimmer in der Bleibtreustraße, mit Stuck an der Decke und dem Lärm der Schlaflosen vor dem Fenster. Der Eigentümer rannte durch die Wohnung und riß alle Türen auf. Er hatte die Zimmer einer einst feudalen Wohnung vermietet, an Ausländer und Narren wie mich, die bereit waren, viel Geld für wenige Quadratmeter zu bezahlen. Ahnungslose Fische aus dem Aquarium, die sich im Ozean der Haie wiederfanden. Ich besaß keinen Stuhl und kam nicht auf den Gedanken, daß ich mir von der Miete auch eine eigene Wohnung hätte leisten können. Ich war ein Muttersöhnchen aus dem Bilderbuch. Den Rest meines Bafögs, den mir die Miete übrigließ, investierte ich allnächtlich in ein Glas Cola am Tresen einer schwulen Bar. An diesem Glas hielt ich mich fest und wartete darauf, daß mich jemand fand. Ich war zwanzig Jahre und ließ mich treiben. Mannstoll und sexsüchtig. Ein Rausch, der fünf Jahre dauerte.

LIEBE kam nur in der Literatur vor. Oder im Kino. Die Filme verbrauchten meine Tempotaschentücher und die Aufwallung von etwas, das mir wie ein großes Gefühl erschien. »Monster« sitzen nicht im Kino und weinen. Je sentimentaler der Film war, desto hemmungsloser ließ ich die Tränen fließen und rekelte mich in dem Irrtum, besonders romantisch und sensibel zu sein. Der junge Mann, der bei einer Liebesszene auf der Leinwand gerührt von sich selbst dahinschmolz, hatte nichts mit dem jungen Mann zu tun, der nach der Filmvorführung auf die nächste Klappe hechelte und unfähig war, zu küssen oder sich küssen zu lassen.

Irritierend war die dumpfe Automatik, die mich antrieb. Las ich eben noch ein Buch oder lernte einen Monolog für den Schauspielunterricht, setzte mich jäh ein geheimer und unheimlicher Mechanismus in Bewegung.

Halb »Nymphomanin«, halb Schlafwandler, landete ich in der Kabine irgendeiner öffentlichen Bedürfnisanstalt (was für eine wahrhaftige Bezeichnung), um in den Sog der fiebrigen Graffiti zu geraten. Erigierte Schwänze und pralle Ärsche in allen Posen und Positionen, dazwischen die ruhelose Orthographie schneller Wunschvorstellungen und Phantasien. »Was machst du hier?« dachte der wohlerzogene Zwanzigjährige mit artiger Verklemmtheit, lüstern und verheuchelt. »Was machst du hier?« dachte der Einundzwanzigjährige, der Zweiundzwanzigjährige, der Dreiundzwanzigjährige und tauchte in die Landschaft der hingekrakelten Imperative und Seufzer, Fragmente des Begehrens, Hieroglyphen meiner verquälten Lust. *Hengst sucht Stute. Wer fickt mich hart durch? Ficker sucht Knackarsch. Tabuloser S sucht M. Lustknabe sucht Sklavenmeister. Geiles Loch sucht harten Riemen. Lasse mich vergewaltigen, auch von mehreren.* »Was machst du hier?« dachte ich, schwer atmend und erstaunt, und jagte durch das Labyrinth der Wünsche und Telefonnummern, Altersangaben und Maße. Maßlose Selbstgefälligkeiten und Erfindungen, inmitten anderer Rufe und Signale. *Bin jeden Tag ab 23 Uhr hier. Komme jeden Tag hierher. Wie erkenne ich dich? Warum warst du nicht da? Mach neuen Termin. Will dich wiedersehen.* Träume und Explosionen von Ausländerfeindlichkeit und andere Beschimpfungen. *Türken raus. Euch Schwule sollte man vergasen.* Allgegenwärtig und allmächtig meine Sexualität, die ich nicht verstand, die mich wie ein Fieber überkam, allgegenwärtig und allmächtig die Sexualität der anderen. Auf den Klappen. In den Parks. In den Darkrooms. In der Sauna. In einem Hauseingang. Unter einem

Baum. Auf einer Matratze. In einem Bett. Auf dem Teppich. Vergessen und vergessen werden, im schlaflosen Rhythmus der immerwiedergleichen Gesten, gleichen Orte, gleichen Rituale, verschlingen und verschlungen werden.

Buchstabenorgasmen und Graffitiejakulationen. Ich trieb es mit den Worten, hypnotisiert und wie in Trance, stieg nackt imaginäre Treppen hinunter, Stufe um Stufe, bis ich in meinen unterirdischen Korridoren landete und somit in den Kellern und Gewölben all der anderen, die sich an den Wänden erfunden hatten, um von mir noch einmal erfunden zu werden. Ich war der Hengst, der sich in die Stute verwandelte, die sich als Ficker entpuppte, der sich vergewaltigen ließ, auch von mehreren. Hinter den Graffiti wuchsen Sprachlosigkeiten, blühte Stummes, das in kein Wort paßte, in keine Zeichnung, in keine Deutlichkeit. »Du willst dich wegwerfen. Gib es doch zu«, wisperten die Gartenzwerge. »Du möchtest unter die Räder kommen. Wehre dich nicht länger«, murmelten die schmucken Fachwerkhäuser von F. und zählten noch immer meine Schritte. »Du willst ausgelöscht werden«, flüsterten die gepflegten Gärten und vermengten ihren Duft mit dem Gestank von Urin und Sperma und Schweiß.

All das war nur ein Summen im Kopf des Vierundzwanzigjährigen, ein dunkles Herzraunen, ein fernes Geplätscher. Manchmal ließ ich einen namenlosen Körper in meine Kabine, der seine Phantasien auf mich projizierte, während ich ihn ausbeutete.

Allgegenwärtig und allmächtig, die Gesetze des Fleischmarktes, Angebot und Nachfrage. »Hier kommt Frischfleisch«, ruft ein geiler Alter in einem Körper ohne Marktwert, als ein junger Mann die schwule Bar betritt. Ghettosex. Höllensex. Kopfsex.

Ich und die anderen, süchtig mit allen Symptomen, der Droge Sex verfallen.

»Ich bin frei«, singt der Vierundzwanzigjährige, ich feiere meine Feste. Ich spreche stundenlang über Sexualität und verschweige beredt meine Ängste. Hinter den Worten gedeiht das Rätsel Sex.

Dem nächtlichen Detektiv Einhalt gebieten. Auch an die Heiterkeit soll er den Vierunddreißigjährigen erinnern, an die Lust und Unbekümmertheit, mit der »mann« dem Ruf eines anderen Körpers folgte. Dem Gedächtnis die wilden Stunden abtrotzen, Augenblicke ohne Zukunft, aber auch eine Zeit ohne Angst. Schöne leicht-sinnige Körperlandschaft, ferner Kontinent.

Noch einmal mit dem Schwarm der Nachtvögel aufsteigen, im Gesang der vielen das eine Lied suchen, das einen neuen Hunger weckte, ein neues Spiel erfand. Die Namen sind verschwunden, aber all die vielen Hände hinterließen ihre Spuren. Wo ich vergessen habe, erinnert sich auch heute meine Haut.

An den Holländer, der mich heimlich mit auf sein Hotelzimmer nahm. Wir lagen auf dem schmalen Bett und pflückten dunkelblaue Weintrauben, die aus einer Schale wuchsen, mit der Lust und dem Gelächter. Auch das Laken unter uns war trunken vom Saft der Trauben, vom Saft unserer Körper. Noch einmal hängt der Vollmond über dem Parkplatz, gierig und voyeuristisch. Mehr noch als der Mond leuchtete der weiße Arsch des Jungen, der sich über ein Auto beugte. Ein neues Lied, ein neues Spiel, das mir der Ledermann mit den Tätowierungen beibrachte. Er steckte mich in eine Lederkluft, Magie der Verkleidung. Gespeichert im Archiv meines Begehrens die Begegnung mit den beiden Journalisten, mein erster

»flotter Dreier«, die Lust, gleichzeitig aktiv und passiv zu sein.

Fliegen ohne Angst, mitten im Flug abgeschossen zu werden. Der Abgrund droht nicht nur dem, der fliegt, aber wir spannten unsere Flügel und zogen unsere Kreise, vielleicht an einem allzu beschränkten Horizont. Wir beteten den Körper an, ein sterblicher Gott den Sterblichen. Wir lebten schnell, und wir liebten schnell. Berauscht von unserer eigenen Geschwindigkeit. Wenn wir uns fürchteten, dann vor dem Alter, das unseren Gott hin-richtet.

Vielleicht waren wir lächerlich in unserem Körperwahn, in unserer tolldreisten Sexbesessenheit, in unserer Anbetung von Jugend und Schönheit, aber ich werde dem nächtlichen Detektiv nicht erlauben, die Flügel des Vierundzwanzigjährigen zu stutzen.

Jetzt fliegen die Geier über diesem Hinterhof, über diesem Sofa, über dieser Nacht. Sollen sie warten, mit ihrer unheimlichen Geduld, ihrer gnadenlosen Zuversicht. Der Vierundzwanzigjährige tanzte mit den »Paradiesvögeln«, er sang mit bunter Kehle und kannte kein anderes Unheil als einen neuen Pickel auf der Stirn, kein anderes Verhängnis als einen Tripper, der seiner Lust drei Tage Einhalt gebot.

Seit acht Jahren weiß ich, daß es Aids gibt. Seit fünf Jahren weiß ich, daß ich positiv bin. Seit drei Jahren weiß ich gar nichts mehr. Selbst in meinen Träumen wächst der Lust ein Totenkopf, fallen Skelette übereinander her. Todesstrafe für jeden Kuß.

Gab es sie wirklich, die Zeit vor Aids? Gab es sie, die angstfreien Berührungen, oder habe ich diese Jahre nur geträumt? Allgegenwärtig und allmächtig, die Sexualität als tückische Komplizin des Todes, seine intrigante Buchhalterin. Besonders gefährlich, der schwule Sex. Die, die schon immer wußten, daß es schmutzig ist, »andersrum« zu sein, igitt und pfuibäbä, sind nicht erstaunt, daß so ein perverser Schweinekram tödlich enden muß. Alles hat seine schaurige Richtigkeit in der Dramaturgie altbewährter Vorurteile und Feindbilder.

Wen trifft Aids vor allem? Schwule. Fixer. Nutten. Also keinen Menschen, wie es in einem Witz heißt, der die Realität der heimlichen Gedanken exakt dokumentiert. Die Forschung im Namen der heiligen Pharmaindustrie meint nicht das Leben und Überleben uneffektiver Minderheiten, sondern die Heiligkeit des Geldes. Nicht nur rechte Politiker frönen der Hoffnung, daß Aids die Gesellschaft von all den schrillen Außenseitern ein für alle Mal befreit. Von einer »Heimsuchung Gottes« sprechen die wackeren Kirchenväter, deren Nächstenliebe nicht nur warme Brüder vergeblich suchen. Und die aidsinfizierten Schwarzen in Afrika sind nicht mal eine Schlagzeile wert. Sollen sie froh sein, daß der Tod sich immer wieder etwas Neues einfallen läßt. Wer nicht verhungert, stirbt an Aids. Schwarze, die krepieren, sind so selbstverständlich wie das Amen in der Kirche.

Wir haben uns daran gewöhnt, ihr Elend zu besichtigen, ihr Elend ist gottgewollt wie der Reichtum der Kirche und das Recht des weißen Mannes, die Schwarzen auszuplündern.

Ich bin ein »weißer Neger«, egozentriert in meinem Unglück, was bleibt übrig von meiner Solidarität? Was bleibt übrig von meiner Wut? Zwischen einem Alptraum und einem Doris-Day-Film entrüste ich mich, um dann wieder der Müdigkeit und der Verdrängung anheimzufallen. Ich werde nicht in der Gosse verrecken, nicht im Rinnstein draufgehen. Mein Tod wird weiß sein. Mein Tod wird hygienisch sein. Krankenversichert. Sterbeversichert. Ein weißer

Tod mit weißen Sicherheiten, mit weißem Luxus und weißen Privilegien, ein weißer Tod für eine weiße Ewigkeit.

Wo ich jetzt in einer Bonbonniere mit vergifteten Pralinen versinke, versank ich vor meiner Hiv-positiv-Diagnose in einer Pralinenschachtel aus Plüsch und lackierter Wirklichkeitsverdrängung. Konfetti-Träume im Kopf eines jungen, mageren Schwulen, der sich allabendlich in schummrige Bars flüchtet. Samtene, rote Vorhänge und goldumrahmte Spiegel, hinter denen ein verpickelter und verklemmter Orpheus verschwindet, um sich in der Unterwelt der Wartenden wiederzufinden. Mein politisches Bewußtsein ist so groß wie eine Musikbox und so laut und süß wie ein Schlager, der mir rosa Schleifen ins Hirn trällert. Die Bars mit Guckloch und Klingel sind ein Blümchentapeten-Olymp. Pflichterfüllte Angestellte und freundliche Beamte huldigen kreischend den Göttinnen Marlene Dietrich und Zarah Leander. Die Göttinnen sind streng und passen auf, daß keine schnöde Wirklichkeit den Olymp erreicht. Hier geht niemand auf eine Demonstration für schwule Rechte. Hier übt niemand Kritik. Hier will niemand etwas verändern. Hier will sich niemand wehren. Das Schicksal ist geheimnisvoll wie Marlene und so dunkel wie die Stimme von Zarah. Das Schicksal ist schön und ein bißchen tragisch. Das Schicksal ist unabänderlich. Wir ballen keine Faust. Wir applaudieren mit aufgeregten Händen. Der Angestellte findet es völlig in Ordnung, daß er sein Schwulsein am Arbeitsplatz verbergen muß. »Man muß doch nicht unbedingt auffallen«, sagt er, und der Beamte stimmt ihm zu. Der Angestellte. Der Arbeiter. Der Lehrer. Der Zahnarzt. Wir haben alle die gleiche Lektion auswendig gelernt: »Man muß sich anpassen!« Schwule, die sich öffentlich machen, sind verdächtig. Schwule, die auf die Straße gehen, um für ihre Rechte zu kämpfen, bedrohen die Ordnung, an die wir uns gewöhnt haben. Ein Schwuler ist nicht kämpferisch. Ein Schwuler wehrt sich nicht. Ein Schwuler hat nichts zu befürchten, wenn er sich anpaßt. Wenn er nicht auffällt. Wenn er lieb und sauber und freundlich ist. Wir wollen nichts verändern. Wir wollen bleiben wie wir sind. Wir wollen brav sein.

Wir haben uns daran gewöhnt, daß wir nicht ganz so viel wert sind wie die »richtigen Männer«. Die Göttinnen trocknen unsere Tränen. Die Göttinnen passen auf uns auf. Die Göttinnen singen uns in den Schlaf.

Ist es meine Krankengeschichte aus F., die mich mit dieser himmelhochjauchzenden, zu Tode betrübten Provinz in Berlin verbündet? Warum engagiere ich mich nicht in der Schwulenbewegung? Ich bin den Gartenzwergen entronnen, um die Gartenzwerge wiederzufinden. Habe Angst vor Gruppen. Bin unsicher. Bleibe ein Außenseiter, ein Einzelgänger. Ich trage die engen und häßlichen Hemden, die mir meine Mutter aus F. schickt. Ich fuchtele wild mit den Händen und spreche schnell und verschnörkelt. Auch hier treffen mich verständnislose Blicke. Mein Status als Schauspielschüler erklärt mein »spinnertes Wesen«. Rettet mich vor gehässigen Bemerkungen. Macht mich interessant. Ich buhle um Anerkennung. Ich schreibe Gedichte und lese sie jedem vor. Mit fliegenden Händen und dröhnender Stimme. Mein künftiger Ruhm rehabilitiert meine häßlichen Hemden. Meine Pickel. Meine Komplexe. Mein Schwulsein. Auch auf der Schauspielschule bin ich eine Minderheit. Christian ist ein Frauenheld und erinnert mich an Uwe. Auch er lacht mit weißen Zähnen und erntet mit coolen Männersprüchen die Bewunderung, die ich mir wünsche. Christian hat eine Affaire mit Angela, und der eitle Pascal schläft mit Christina. Ingo ist mit Helga zusammen und fängt alle mit seiner Schönheit. Man munkelt, daß er auch ab und zu mit Männern ins Bett geht, und ich bleibe mit schmachtenden Blicken an ihm kleben. Alle sind überkandidelt und größenwahnsinnig, aber fast alle entpuppen sich als »stramme Heteros«. Meine Illusionen aus F. haben mich hereingelegt. Ich fühle mich von der Wirklichkeit betrogen. Meine blauäugige schwule Männer-Utopie vom Lande stolpert über den Boden der Tatsachen.

Ich treffe auf der Schauspielschule keine neue Berliner Antike, in der Männer Männer lieben und begehren. Meine Wahrheit findet keine Sprache im flinken Austausch der schlüpfrigen Witze und verwegenen Frauengeschichten. Ich bleibe ein Fremder, ein Außenseiter. Niemand nennt mich »schwule Sau«, niemand beschimpft mich. Die Machos sind freundlich und tolerant, »mann« läßt mich gelten, aber auch hier bin ich jemand, der zu blumig spricht, zu übertrieben gestikuliert, irgendwie »anders« ist.

»Ich mag den Humor von Schwulen«, sagt Christian und boxt mich mit freundlicher Nachsicht in die Rippen. Sensibelchen Volker ist jetzt Mario. Wo Volker weinte, lacht Mario. Vielleicht ein bißchen zu laut. Der schwule Künstler, der sich vom Ruhm Macht erhofft und Immunität gegen die Übermacht der Normalen, landet so oder so in der Ohnmacht wie in einer Sackgasse. Entweder, er krepiert in der Tragödie seines Erfolges, der ihn fälscht und vergewaltigt, oder aber die Erfolglosigkeit bricht ihm das Rückgrat und erledigt den Rest, den die anderen von ihm übriggelassen haben. Am Ende läuten die Glokken jener Kirche, die wir alle im Dorf lassen. Der tote, schwule Versager darf mit der aufrichtigen Trauer derer rechnen, die ihn umgebracht haben. Die Mörder sind nicht dümmer oder klüger als ihre Opfer und weinen ehrlichen Herzens.

»Fällt es dir nicht schwer, wenn du in einer Liebesszene auf der Bühne eine Frau umarmen und küssen mußt?« fragt Pascal und zückt sein Lachen wie ein Messer. Mario braucht keine Angst zu haben. Die Schauspiellehrer erkennen, daß er kein »Liebhaber« ist. Mario wird eingeteilt für den Part der Anti-Helden. Er spielt Verrückte, Kranke und Verlierer. Auch in den komischen Rollen ist er begabt. Der Komiker Mario springt mit dem Klassenclown Volker durch den brennenden Reifen. F. ist überall. Christian ist Uwe, und die anderen von heute sind die anderen von gestern.

Ich bin witzig. Ich schneide mir den Humor aus den Rippen, den Christian mag. Ich bin unterhaltsam. Die anderen erfinden mich. Ich bin, was sie sehen. Ich gebe ihren Bildern Fleisch und Blut. Ich verkörpere, was sie schon immer wußten. Ich bin wie ich sein soll.

»Wenn die auf Arbeit wüßten, daß ich schwul bin, könnte ich mich fortschmeißen«, sagt ein junger Mann mit Sommersprossen, der mich mit in seine blitzblank aufgeräumte Wohnung nimmt.

Ich schmeiße mit Bonmots um mich und ernte ein Lachen, das ich mir wärmer dichte, als es klingt. Ich bin ein lustiger Vogel, den alle mögen. Ich singe meine Gitter bunt und halte Ausschau nach einem, der so ist wie ich. Julian ist auch schwul, aber er kann mich nicht leiden. Ich bin ihm zu laut und zu chaotisch. Julian ist leise und introvertiert. Ein hübsches, sensibles Bürgersöhnchen, das sich verschreckt von meinem Lärm abwendet. Es dauert noch eine Weile, bis ihn meine schmetternden Verse erreichen, bis wir in einer Freundschaft ankommen, die länger halten soll als die Zeit auf der Schauspielschule und ihre Seifenblasen, die neben den Rosinen in unseren Köpfen unsere Hauptmahlzeit sind.

Zurücklaufen in die Bleibtreustraße, mitten durch die Erinnerungssplitter, zurücklaufen mit nachtwunden Schritten. Ich halte es nicht aus mit mir allein, die Nächte öffnen den Käfig. Die Nutten in der Grolmannstraße. »Willst du mitkommen?« Ich schüttele den Kopf und fliege zur Klappe am Savignyplatz. Ich lasse meine Federn in schnellen Männerhänden. Die Schwulenbars am Nollendorfplatz. Nächtliches Asyl den Nächtlichen. Plüsch und Samt und Glitzer für Träume aus Seide und Satin. Hungrige Nachtvögel auf der Stange. Wer wird uns fangen, wen werden wir fangen? Raubvögel und Paradiesvögel. Gierige Drosseln und schlaflose Amseln. Schüchterne Rotkehlchen und dreiste Finken. Wir zwitschern. Wir schlagen mit den Flügeln. Wir flattern auf engem Raum. Wir plündern schamlos fremde Nester. Wir warten auf den Kater, der uns frißt. Nächtlich und beharrlich, immer wieder das gleiche Programm. Jeder trällert sein lustigstes Lied. Auch die Alten zwängen sich in enge Jeans und junge Attitüden. Cool und heiter. Ernste Gespräche verderben den Appetit und sind geschmacklos. Wir sprechen nicht miteinander. Wir zwitschern und stechen uns pfeifend die Augen aus. Der Lederfreak verachtet die Tunte. Die Tunte verachtet den smarten Bürger im Anzug. Der Anzug verachtet die Tunte und den Lederfreak. Wir verachten uns selbst und verachten zurück. »Guck dir mal die Trine im Fummel an«, lästert der Ledermann und bestellt mit verpiepster Stimme noch ein Bier. »Was will denn die alte Schwuchtel hier?« fragt eine junge Tunte und kichert ihr Make-up vom Gesicht. Wer nur fickt, verachtet die, die sich ficken lassen. Wer sowohl als auch, verachtet die, die es härter und extremer mögen. Wir haben unsere Lektion gelernt. Wir geben die Lektion weiter. Vergiftet vom Selbsthaß, strömt uns ein buntes Gift aus allen Poren. Wer nicht kontern kann, hat schon verloren. Wir hinterlassen unsere boshaften Bonmots wie eine Duftmarke. Wer nicht unserem Eau de Toilette erliegt, wird davon erledigt. Wir baden in nächtlicher Salpetersäure. Wir sind schlag-fertig. Wir hängen uns und die anderen an den Galgen unseres Humors. Für ein gelungenes Bonmot gehen wir über Leichen, auch über die eigene. Uns wächst ein dickes Fell, das weder uns, noch die anderen wärmt.

Es schneit wieder. Im Nachbarhaus ruft ein hellerleuchtetes Fenster. Sieht aus wie ein Auge, das mein Zimmer betrachtet. Inmitten der geschlossenen Augen ein Blick, der mich meint. Die Silhouette eines nackten Oberkörpers. ER und ich sind übriggeblieben. Überlebende einer Horrorvision namens Wirklichkeit. Wir haben uns aus der Zeit davongestohlen. Morpheus konnte uns nicht fangen. Wir sind immun gegen seine Tricks. ER und ich, verbündet in rebellischer Schlaflosigkeit. Komplizen einer Verweigerung. Seine Nacht ist meine Nacht. Nicht länger zögern, dem Ruf folgen. Barfuß durch den Schnee, dem Licht da draußen antworten. An seiner Tür klingeln und nichts erklären müssen. ER öffnet und versteht. Keine Worte. Keine Rechtfertigungen. Sich anschauen und sich erkennen. Von seinen Armen gehalten werden, an seiner Schulter atmen, in Sicherheit. Seine Hand streicht mein Haar aus der Stirn, beschwichtigt das Fieber, bändigt den Kopfsturm. ER schaut mich an und fühlt sich nicht von meinen geschwollenen Lymphknoten bedroht. Wir lieben uns und trotzen der Sterblichkeit. Der Tod ist kein Feind. Wir lachen ihm ins Gesicht und lassen uns nicht einschüchtern. Wir sind zu zweit. Wir sind stark. Wir begehren uns ohne Angst. ER schaltet das Licht aus. Ich lande auf meinem Sofa. Frostbeulen an den Füßen.

Es schneit Vergangenheit. Ein verschwommenes Bild. Mit dem Schnee fallen meine verlorenen Jahre über mich her. Abgestürzt mit den Namen und Gesichtern. Den schnellen Nächten und Tagen. Ich bin der Jäger. Ich bin der Gejagte. Ich bin das Wild. Ich laufe im Kreis. Ich laufe mich wund im Labyrinth der Wiederholungen. Ich lasse mich treiben. Ich verliere mich. Ich bleibe auf der Strecke. Etwas in mir frißt mich auf. Ich wehre mich nicht. Ich bin labil. Ich erfülle die besorgten Prophezeiungen meiner Mutter. Ich bestätige den Argwohn meiner Mitschüler und Nachbarn. Ich übertreffe die schlimmsten Befürchtungen. Ich bin das Heimkind. Ich bin das Muttersöhnchen. Ich bin der Klassenclown. Ich bin der Außenseiter. Ich bin der Selbstmörder. Ich bin die Tunte. Ich bin das perfekte Klischee. Ich bin ein Arschficker. Ich halte meinen Arsch hin.

Ich bin auf diesem Sofa gestrandet. Was bleibt, ist das diffuse Gefühl von Fieber und Geschwindigkeit. Unleserlich das Fragment meiner Biographie. Auch die Handschrift der Tage ist wirr und ohne Punkt und Komma. Ich nähre mich von Hot dogs und Minipizzen. Bouletten und Pommes frites mit und ohne Mayo. Schnelle Mahlzeiten. Wohin läuft der verpickelte, junge Mann? Ich schmiere ein dickes

Make-up auf mein Gesicht und fühle mich häßlich.

Ich sehe aus wie eine männliche Valeska Gert. Struppiges Haar, lange, magere Hände und Augen, so laut und schrill wie eine Feuerwehrsirene. Ich fühle mich mißlungen, ich fühle mich ungeliebt. Ich glaube nicht, daß jemand mich lieben könnte. Ich sehne mich nach Zärtlichkeit und habe Angst vor Berührungen.

Mein zweites Zimmer verliere ich, weil ich die Miete nicht bezahlen kann. Von der Riehlstraße in die Bleibtreustraße. Von der Bleibtreustraße zum Schwarzen Grund in Dahlem. Ich lande im Keller eines stolzen Patrizierhauses. Wenn ich aus dem Fenster schaue, sehe ich die schiefen Beine der alten Hausbesitzerin und ihre klobigen Schuhe. Sie verlangt nur wenig Miete unter der Bedingung, daß ich Gartenarbeit leiste und »männliche Geschicklichkeit« bei technischen und praktischen Problemen beweise.

Dahlem ist eine verwöhnte Kleinstadt in Berlin. Es herrscht Stille und vornehme Ereignislosigkeit. Ich fühle mich umzingelt von hochmütigen Villen und Menschen, die nichts mit meiner Wirklichkeit zu tun haben. Ich brauche nur fünf Minuten bis zur Schauspielschule, aber dafür gibt es keine Bars. Meine Maulwurftage finden ein schnelles Ende, da meine zwei linken Hände und Füße mir das Recht der billigen Miete nehmen.

Die nächste Station ist ein Zimmer in einer Chaos-WG in Kreuzberg. Mein Zimmer ist ein Mülleimer. Ich klettere auf den Gipfel meiner Flaschenberge und halte Ausschau nach Ruhm und Unsterblichkeit. Ein überkandidelter Schauspielschüler inmitten von Gleichgültigen. Man spielt Gitarre, kifft, trinkt Tee und läßt die Zeit vergehen. Schon das Drehen eines Joints ist eine lästige Aktivität, die zu schweren Erschöpfungszuständen führt.

Mich noch einmal in dieses Bild hineinstehlen, das etwas angestaubt in meiner Kopf-Galerie hängt.

Tim, der träge auf der Gitarre herumklimpert. Roy, der mit seinen langen, schwarzen Haaren wie ein Indianer aussieht und schläfrig in seinen Tee hineinmeditiert. Anna, die den Sex liebt und es mit Joe im Hochbett treibt. Tim, Roy, Anna, Joe, ich mittendrin mit meinem plapprigen Schauspielschülerehrgeiz. Die anderen starren mich an wie einen Bewohner von einem anderen Stern, was auf eine vertrackte Weise auch den Tatsachen entspricht. Kein Drama der Weltgeschichte kann sich auf die kleine Bühne dieser Kreuzberger WG einschmuggeln. Es gibt weder Welt noch Politik. Es gibt Tee und Joints und ab und zu einen leisen Blues, den Tim seiner Gitarre entlockt. Nichts abwegiger als mein Versuch, die anderen mit meinem funkelnden Lärm zu erreichen.

Ich entdecke Kreuzberg, das nicht das Kreuzberg der Hausbesetzer oder der Freaks ist. Ich entdecke die Schwulenbars in der Urbanstraße. Ich lasse mir von Marianne Rosenberg die Ohren vollzwitschern und reime mit ihr Herz auf Schmerz. »Schöner, fremder Mann, bitte, schau mich an ...« Ich kenne mich inzwischen aus in der Szene. Ich beherrsche das Ritual. Bin ein nächtlicher Routinier. Kann den immerwiedergleichen Fragebogen auswendig beantworten: »Bist du oft hier? Was machst du so beruflich? Hast du einen festen Freund? Worauf stehst du? Wollen wir zu mir oder zu dir?«

Ich reiße Männer auf, und ich lasse mich abschleppen. Ich lasse mir Telefonnummern geben und schmeiße sie am nächsten Morgen weg, wie es sich für einen gewieften Szene-Kenner geziemt. »Ruf doch mal an«, ist eine rhetorische Aufforderung, die nur Anfänger ernstnehmen. Es passiert mir, daß ich jemanden sehe, von dem ich nicht genau weiß, ob ich schon einmal mit ihm geschlafen habe oder nicht. Ich entdecke die Klappe am Hermannplatz, mit den Stufen, die nach unten führen. Unterirdischer Treffpunkt der Nächtlichen. Während ich in meinen Träumen eine Hollywood-Treppe herabschreite, von Applaus und Bravorufen umbrandet, steige ich in meinen Nächten über andere Stufen, die abwärts führen. Nicht mit genüßlicher Langsamkeit, sondern hektisch und schnell. »Paß auf, da unten werden Schwule oft zusammengeschlagen«, warnt mich ein Typ aus der Szene, aber ein unbelehrbarer Automatismus lenkt meine Schritte. Oft habe ich ein ganz anderes Ziel und lande wie unter Hypnose immer wieder vor den gleichen Graffiti. Treibe mich ohne Geilheit auf der Klappe herum, ohne Lust und ohne Verlangen, und weiß nicht, worauf ich warte. Schizophrenie meiner Tage und Nächte. Der, der immer wieder an den gleichen Orten herumlungert, von etwas getrieben, was er nicht begreift, ist ein ganz anderer, wenn er durch den brennenden Reifen springt. Wohlerzogen und erfolgsorientiert. Krieg zwischen meinem Kopf und meinem Schwanz. Karrieregeilheit und die nächtliche Geilheit, die schon am Vormittag beginnt. Das, was ich für meine Identität halte, ist ein zersprungener Spiegel. Die Splitter verselbständigen sich. Ziehen einen Kreis um mich, den ich nicht übertrete. Etwas ist in mir, das mich umbringen will, und ich schaue zu.

Bunt und vielfältig ist die schwule Wirklichkeit, aber ich reduziere mich auf ihre dunkelste Formel. Überall schwule Liebespaare und Schwule, die sich politisch engagieren. Ich zappele in meiner Falle. Zwischen Verdrängung und Selbstverachtung. Ich bin ein Sexautomat, 24 Stunden unter Strom, und ich finde keinen Knopf, um ihn abzuschalten. Mario, der Klappenschwule, hat nichts zu tun mit Mario, dem Schauspielschüler. Ich bin ruhelos, zerrissen und unkonzentriert. Immer mehr übernimmt der Automat die Macht über mich. Ich komme mir abhanden. »Du mußt dein Leben auf die Reihe kriegen«, flüstert es in meinem Kopf, während ich in einem Park einem Mann hinterherrenne. »Du darfst dich nicht so gehenlassen. Du mußt dich disziplinieren. Du mußt an dir arbeiten.« Ich weiß nicht mehr, was die Worte bedeuten. Ich murmele Vokabeln aus einer anderen Zeit, während ich neben mir stehe und zuschaue, wie ich falle, Stufe um Stufe einer Wahrheit entgegen, die ich nicht benennen kann.

»Geschieht dir ganz recht«, zischen die Gartenzwerge, als ich auf der Klappe am Hermannplatz von einigen besonders männlichen Halbstarken verprügelt werde, und ich nicke mit dem Kopf und lächele somnambul. Blaue Flecken auf der Seele und ein blaues Auge, das Fragen weckt. Ich erfinde eine abenteuerliche Geschichte, in der ich die Heldenrolle übernehme, denn diese Art von Wahrheit ist auch in der schwulen Gemeinschaft verpönt. Nichts ist kläglicher als ein Schwuler, der nachts auf einer finsteren Klappe Dresche bezieht.

Was ist los, Sofamensch, warum heulst du? Zieh die Nase hoch und hör auf, das Telefon anzustarren. Hast du gesehen, Jan? Ich ziehe meine Nase nicht hoch. Ich schneuze meinen sentimentalen Anfall in eine Serviette. Nicht wegen der Gefahr einer Stirnhöhlenvereiterung, aber... Ich leere den vollen Aschenbecher und setze die Kaffeemaschine in der Küche in Bewegung. »Kein Wunder, daß du nicht schlafen kannst, wenn du spät nachts noch Kaffee trinkst«, sagtest du oft, und du hast Recht. Aber du mußt zugeben, daß es besser ist, mich für Koffein als für Alkohol zu entscheiden.

Zurück auf mein Sofa, zurück in die Chaos-WG in Kreuzberg, die ich verlasse, um endlich meine erste eigene Wohnung zu beziehen. Julian gibt mir die Anschrift eines Maklers, und der wiederum gibt mir fünf Adressen. Ich nehme die erste Wohnung, die ich besichtige. Meine Neuköllner Zeit fängt an. Noch habe ich keine Dusche und keine ZH. Nicht mal ein Chaplinfilm ist so komisch wie meine Versuche, den Kachelofen zu heizen. Die ersten Winter lasse ich meine Mama kommen, damit sie diese »schwere Aufgabe« für mich löst, und sie ist entzückt, ihren Sohn so hilfsbedürftig vorzufinden. Posse eines gealterten Muttersöhnchens.

Jetzt bin ich ein weinerlicher Sofaheld, der seiner fünfundsiebzigjährigen Mutter den Krieg erklärt. Schmeiße mit infantilen Bomben und führe Schlachten, die ich nur verlieren kann. Ich wünsche meinem Unglück Würde, aber alles explodiert in wunder Kläglichkeit. Ich krieche in den fünfundsiebzigjährigen Schoß meiner Mutter zurück und mache sie verantwortlich. Der nächtliche Detektiv braucht einen Sündenbock. Ich erlaube ihm, dich schuldig zu sprechen. Ich erkläre deiner Rüstigkeit den Krieg.

Da, wo ein normaler Sohn die altersbedingten Todesängste seiner Mutter zu beschwichtigen versucht, bin ich selbst des Trostes bedürftig. Ich brauche meine ganze Anteilnahme für mich selbst.

Vielleicht klagst auch du das Schicksal an, daß es dich um jene Zuwendung betrügt, die dir zusteht. Wieder stehst du da mit leeren Händen, und ich fühle mich schuldig, daß die gemeinsame Todesnähe uns zu Konkurrenten macht. Was für eine vermaledeite Situation! Wer stirbt schneller, wer fürchtet sich mehr?

Ich weiß, du nimmst es mir übel, daß ich mein dunkles Geheimnis nicht für mich behalten habe. Drei Jahre lang spielte ich Komödie, drei Jahre lang mimte ich den heiteren Sohn. Als ich es dir dann endlich sagte, dachtest du zuerst an die Leute. Hatte ich erwartet, daß deine eigene Todesnähe dir Größe und Weisheit verleiht? Wie komme ich dazu, etwas von dir zu fordern, was ich selbst nicht bringe? Der Tod ist kein Schlüssel, der den Käfig öffnet. Der Tod zählt nur die Gitter unseres Lebens.

Ich klage dich an, weil du mir meinen Untergang prophezeit hast. Auch mit der Selbstgefälligkeit der Normalen, die sich im Einklang mit der Mehrheit wissen. Ich schmeiße mit Bomben, aber deine Sätze sind schneller und tödlicher. Ich klage dich an, weil du dich mit den Gartenzwergen verbündet hast. Weil ich in dieser Nacht auf dem Sofa sitze und nichts anderes zu bieten habe als meine Ausreden vor mir selbst und die gefährliche Fähigkeit, mir alles zurechtzustricken, so wie du, Mama. Ich klage dich an, weil dein Harmonie-Theater alle unbequemen Wahrheiten weginszenierte, bis alles verdaulich und harmlos war wie ein Marmorkuchen an einem Sonntagnachmittag hinter geweißten Gardinen. Die Nazi-Vergangenheit deines Vaters, der »nur« als Mitläufer eingestuft wurde, was du jedem mit stupendem Stolz erzählst. »Mein Vater, der Herr Oberregierungsrat ...« Der Freitod deines Mannes, von dem nichts übrigblieb als seine Schuld, nicht auf dem Feld der Ehre gefallen zu sein. Hätte er sich nicht selbst umgebracht, hättest du Anspruch auf eine hohe Offizierspension. Verflixter Konjunktiv! Deine Bereitschaft, mich drei Jahre ins Heim zu stecken, um den »guten Ruf« der Familie zu retten. Mein pubertärer, peinlicher Selbstmordversuch, meine peinliche schwule Wirklichkeit, mein peinlicher Igitt-pfuibäbä-Virus, mein peinlicher Tod, der dich schon jetzt erröten läßt. Alles, alles verschwindet hinter den geweißten Gardinen.

Ich hasse nicht dich, kleine Mama, verlogene Tochter aus gutem Hause, ich hasse unsere Geschichte, ich hasse unsere Unfähigkeit. Du und ich in der Falle, keine andere Waffe gegen das Sterben als unseren Selbstbetrug.

Wer oder was stillt unseren Hunger nach Sinn? Schaue ich rückwärts, verdunkelt sich mein Blick, und versuche ich, vorwärts zu denken, geht das Licht aus in meinem Kopf. Kentern meine Gedanken an meinem Tod, der mich schon jetzt denkt.

Vielleicht ist meine Geschichte ein Gerücht, das diese Nacht ausstreut wie Rattengift. Oder eine unwahrscheinliche Geschichte, die jemand von jemandem gehört hat. Oder ein Film mit unsäglichen Klischees in einer Spätvorstellung. Oder ...

Die Kaffeemaschine ruft, und ich flöße dem nächtlichen Detektiv etwas Koffein ein, damit es weiterschlägt, das Herz, damit ich es höre, damit es weitergeht, alles. Mein wirres Gebrabbel, ich sabbere, ich lalle, solange ich mit mir spreche, kann der Tod mich nicht überlisten. Magie des Kinderzimmers, Zauberformeln gegen die Dunkelheit, Zaubersprüche gegen die X-Beliebigkeit, gegen die Austauschbarkeit, gegen die Sinnlosigkeit. Ich spreche mit mir, ich erinnere mich, nichts ist verschwunden, alles kehrt zurück aus der Vergessenheit.

Deine warmen Hände auf meinem Körper, unser erstes Frühstück auf Zeitungspapier, unsere Bärensprache. Gedächtnis meines Zimmers, Erinnerungen unserer »Bärenhöhle«. Dein Name gegen die große Namenlosigkeit. Ich atme, in dem schwarzen Nickipullover, den du mir geschenkt hast. Jan. Mein Schönfell. Meine Goldpfote.

Ich könnte Julian anrufen und bräuchte gar nicht viel zu erklären. Er kennt mein Gestammel rauf und runter. Die Todesangst und den Jankummer. All das bedroht auch ihn, aber er hält es aus, immer wieder. Ich darf ihn nicht überfordern. Ich werde ihn schlafen lassen.

Rückwärtslaufen zu den ersten Jahren in der Altenbraker Straße, alle Uhren zurückdrehen und in der Zeit vor Aids landen, mit unbekümmertem Gelächter. Julian und ich diskutieren bis zum Morgengrauen. Gehen gemeinsam auf Männerjagd. Durch ihn lerne ich die Filme von Visconti und Truffaut kennen. Kompliziert und grüblerisch ist Julian, zögerlich und voller Zweifel. Was uns verbindet, ist eine gemeinsame »Lebensuntüchtigkeit«, ein Unbehagen inmitten der Smarten und dynamisch-rational-effektiv Entschlossenen. Wir können über die gleichen Dinge lachen, haben ein Auge für die Komik jenes Stückes, das sich »Leben« nennt. Wir fallen aus der Rolle und tanzen aus der Reihe, zwei Taugenichtse der Nacht, die dann das Stichwort des nächsten Tages verschlafen.

Durch Julian lerne ich zum ersten Mal den glücklichen Wahn der Liebenden kennen. Er erzählt mir von seiner Liebe zu Michael, und ich höre ihm zu, ohne die Heftigkeit seiner Gefühle zu verstehen. Ich bin noch gefangen in der kalten Keuschheit meiner unverbindlichen Sexabenteuer.

Mein Herz klopft bis zum Hals, aber das ist nicht der Kaffee, den ich zu stark dosiert habe. Sitzen und starren und mich in die schwarze Brühe stürzen, kopfüber, fallen und fallen, bis Jan im Schrevenpark vor mir steht, um mich aufzufangen.

Ich bin fünfundzwanzig Jahre alt und erschöpft von meiner Odyssee durch die Männerwildnis. Ich bin gezeichnet vom Alter all der vielen Nächte. Ein vernarbtes Gesicht mit dunklen Schatten unter den Augen. »Ich dachte, du wärst geschminkt«, wirst du mir später sagen, wenn alles schon angefangen hat. Nichts scheint diese Nacht von all den anderen Nächten zu unterscheiden. Tatort: Park, wieder einmal. Nicht mehr der Tiergarten in Berlin, sondern der Schrevenpark in K. Berüchtigter Treffpunkt. Seit einem Jahr bin ich am Jugendtheater in K. Als Schauspieler und Jungautor, den die erfolgreiche Uraufführung seines ersten Theaterstückes mit den anderen Freudlosigkeiten versöhnt. Ich bin ein Außenseiter im Ensemble, das mich mit Recht für einen schrägen Vogel hält. Ich vermisse Berlin und Julian, der meine Untauglichkeiten mit einem Lachen teilt. Nacht für Nacht klappere ich die drei Schwulenbars der Stadt ab. Ich treffe viele verheiratete Schwule, die sich aus Angst oder Pragmatismus in einer allgemein gebilligten Normalität einrichten, um dann im Schutz der Dunkelheit ihrer eigentlichen Wahrheit nachzugehen. Ängstlich und schnell und verkrampft. Nicht lustvoll und nicht selbstbewußt. Im Ensemble bin ich der einzige Nicht-Hetero, aber ich habe meine ländlichen Träume von einem Männer-Olymp längst begraben.

Was geschieht in dieser Nacht, in der wir beide durch den Nebel streunen? Was ist es, was unsere Körper in dieser Nacht von der Anonymität erlöst?

Ich werde meinem Sofadetektiv nicht erlauben, das Geheimnis unseres Anfangs zu verraten. Keine gekränkten Vereinfachungen. Die Bäume des Schrevenparks murmeln wie im Fieber und stecken uns an mit ihrem Traum. »Wir wollen aufeinander aufpassen«, sagst du, und dein Satz zündet die Sterne an, und es wird endlich hell.

»Schwule sind immer so gräßlich pathetisch«, kichern die Zensoren in meinem Kopf, aber sie haben keine Macht mehr. Nichts und niemand darf mein Wunder schlachten, das ich brauche, um weiterzuatmen. »Ich habe sechsundzwanzig Jahre lang auf dich gewartet«, sagst du, und deine Worte zähmen meinen Hunger. Klassenclownhunger. Muttersöhnchenhunger. Hunger der Sexmaschine. Zurücklaufen, mit leichtem Schritt, über die störrischen Zeiger aller Uhren, bis ich wieder ankomme, in jener Nacht vor neun Jahren. Ich lande an deiner Schulter wie an einem rettenden Ufer.

Erinnerst du dich an das Zimmer in der Rumpelkammerwohnung, die ich mit Doris teilte. Doris, zweiundzwanzigjähriger Lärm und gierige Chaotin, die den ganzen Tag italienische Schlager hört und nachts durch die Discotheken zieht, um einen Italiener zu finden. Doris und Tiger, der siamesische Kater mit den funkelnden, grünen Augen, der auf das Fensterbrett springt und aussieht wie ein vierpfötiger Philosoph. Ich hause inmitten von Koffern und Kartons, die darauf warten, ausgepackt zu werden. Mein Zimmer verrät meine Geschichte, aber du betrachtest meine aufgewühlte Innen-Landschaft und gibst jedem Ding einen neuen Namen und eine neue Bedeutung. »Ich habe mir immer einen Dichter zum Freund gewünscht«, sagst du, und mein Chaos bedient deine Vorstellung. Auch ich gebe mir Mühe, dem Bild zu gleichen, das du anfängst, zu lieben.

Ich habe mir immer jemanden gewünscht, der so aussieht wie du, denke ich und meine deine vitale Blauäugigkeit, deine Vaterhände und deine breiten Vaterschultern. Mein Hunger fällt über dich her und dichtet dich um. Du bist arglos und fürchtest dich nicht vor meiner Gefräßigkeit, weil du sie nicht erkennst. Meine Heftigkeit erstaunt dich, aber du weißt nicht, daß etwas in mir dich auffressen will. Du bist der Spielfilmdaddy, von dem ich geträumt habe. Ich sitze auf der Schaukel, ein fünfundzwanzigjähriges Kind, und will, daß du sie anschubst. »Höher! Höher!« Ich will, daß du mich huckepack nimmst und durch das Leben trägst. Du sollst mit mir in den Zoo gehen und mir eine Gutenachtgeschichte erzählen und mich halten.

Erinnerst du dich an unsere erste Nacht? Bevor wir zusammen einschlafen, Seite an Seite, führe ich dich in ein Nachtcafé, und du bist verwundert, daß es überhaupt so etwas in K. gibt. Jan, mein Wuchtikus mit den gespreizten Allüren eines jovialen Medizinalrates. »Schizoaffektive Psychose«, diagnostizierst du mit kühner Geschwindigkeit, wenn jemand auf der Straße verwirrt vor sich hinmurmelt. Andächtig zelebrierst du deine Fachtermini und träumst von promoviertem Glück. Du studierst Psychologie und stellst dir vor, von deinem Professor zum Tee eingeladen zu werden.

Du erinnerst mich an Hilfspfleger Jürgen aus der Jugendpsychiatrie in M. Da, wo ich mir mit infantiler Inbrunst Ruhm herbeiwünsche, glaubst du karrierefromm an die Macht der Titel. Ein DR. vor deinem Namen soll dich an denen rächen, die früher über dich gelacht haben. Auch du bist ein ehemaliger Klassenclown und Außenseiter. Ich scherze oft über deine Statushörigkeit und betone die Unterschiede, aber uns bindet der wuchernde Mangel an Selbstbewußtsein. Auch in deinem Kopf knallen die Peitschen der Dompteure. Biographie der Muttersöhnchen! Dein Uwe heißt vielleicht Martin oder Paul, aber auch du mußt etwas beweisen.

Du zögerst am Anfang, mich in der Öffentlichkeit zu umarmen, aus Angst, jemand von der Uni könnte uns dabei ertappen. Wir haben unsere Geheimsprache, unsere Bärenlaute, die nur wir beide verstehen. »Rghhh«, brummst du leise, wenn wir in Gesellschaft sind, und ich weiß, daß du mich liebst.

»Wie kannst du dich in jemand vergucken, der so bürgerlich und konservativ ist?« fragen meine Schauspielerkollegen, die sich über deine gebügelten Hemden amüsieren. Ich warte auf das Ende der Probe, auf das knatternde Brummen deiner Vespa, die dich ankündigt. Du holst mich ab, und ich steige stolz auf unser blaues Pferd. Ich bin in Sicherheit, meine Hände um dich geschlungen, und es ist mir egal, daß das etwas mädchenhaft aussieht. Zum Teufel mit den männlichen Posen, ich bin ein Mann, der einen Mann liebt, und das bist du. Auch deine Freunde wundern sich bestimmt über den Vogel, den du dir gefangen hast. Wir lassen die anderen, die vielen anderen, grunzen und glotzen und fliegen auf unsere Weise. Mit halsbrecherischem Tempo, auf der blauen Vespa, an allen vorbei.

Wir haben unsere Bärensprache, aber deine Träume jagen die Raubtiere des Dschungels. »Ich liebe ihre delinquente Erotik«, sagst du und suchst die wilden Burschen mit dem verwegenen Gesichtsausdruck. Im Schutz deiner verquälten Behütetheit träumst du von einer Gefahr, die du poetisierst. Deine sexuellen Phantasien wehren sich gegen das Programm deiner heilen Welt. Ich habe nicht den athletischen Körper, den du begehrst, aber ich verkörpere eine Alternative. Du bestaunst meine Theaterwelt und verliebst dich in die Möglichkeit meines Ruhmes, den ich dir schuldig bleibe. Du bist begeistert von der Idee, einen jungen Dichter zu lieben, und ich lasse mich von dir »adoptieren«. Du kümmerst dich um mich, bändigst mein Chaos, während ich etwas Unordnung in dein genormtes Leben bringe.

Jan, mein klavierspielender und trompetenblasender Reserveleutnant. Gedrillt auf Anpassung und Wohlverhalten. Getrimmmt auf Erfolg und Karriere. Mit bebender Stimme beschreibt deine Mutter die Schrecken des Zweiten Weltkrieges, aber solche pazifistischen Anfälle sind ein Luxus, den man sich nur privat leistet. Im Kreis der hanseatischen Sparkassendirektoren und Senatoren macht ein strammer Leutnantssohn einen besseren Eindruck als ein Kriegsdienstverweigerer. Du bist kein »Drückeberger«. Dazugehören, heißt die Parole, und du weißt, was von dir erwartet wird. Brav definierst du dich über die Ansprüche deiner Mutter und bist stolz auf ihren Stolz. Abitur. Bundeswehr. Studium an einer konservativen Universität. Mitgliedschaft in einer nichtschlagenden Verbindung, bewacht von der Riege der »Alten Herren«, die sich um den guterzogenen Nachwuchs kümmern. Dazugehören, zur Elite der Rechtsanwälte und Richter, Ärzte und

Architekten, dazugehören zu den Säulen der Gesellschaft.

Lähmt mich die Lebensangst meiner alten Mama, bedroht dich der klirrende Erfolg deiner dynamischen Mutter, die dich mit ihrer Tüchtigkeit erpreßt. Karriere als Ersatz für die Liebe, die nicht hält, was sie verspricht. Du bist fünf Jahre alt, als sich deine Eltern scheiden lassen. Wenn du von deiner Kindheit erzählst, ist mir, als beschriebst du Szenen meiner Jahre in F. Während mich meine Mutter mit dem Glanz der Vergangenheit füttert, nährt dich das Bild einer DR.-Zukunft. Die Rolle des Akademikers ist dir nicht auf den Leib geschrieben, aber wozu gibt es eine beharrliche Regie? Du hast Schwierigkeiten in der Schule, aber das bedeutet nur, daß du üben mußt. Du bist ein gehorsamer Sohn und strengst dich an. Biographie der Muttersöhnchen, Geschichte der Ruhelosigkeit, Fallbeschreibung einer Sehnsucht.

Vielleicht ist unsere Liebe ein lyrisches Produkt, ein glückliches Mißverständnis, eine neurotische Zwangsverstrickung. Zum Teufel mit den Analysen. Erinnerst du dich an die nächtlichen Spaghetti-Orgien in unserer kleinen Dachgeschoßwohnung in der Frankestraße? Mein gefräßiger, gieriger Janbär. Viele Namen passen in dein Herz. Du wilderst in allen Revieren. Da, wo ich mich wund und müdegelaufen habe, im Labyrinth der schwulen Un-Möglichkeiten, setzst du deine ersten Schritte. Du fängst an, wo ich aufgehört habe, berauscht von deinem »Coming-out«. Du bist sechsundzwanzig Jahre, heißhungrig auf jeden Körper. Du hast ein großes Nachholbedürfnis, und ich zähme meine Eifersucht und übe Gelassenheit. Du verdoppelst den Genuß deiner Abenteuer, indem du sie mir erzählst, und ich lerne, mich vor deinen Wahrheiten mehr zu fürchten als vor deinen Lügen.

Jede Liebesgeschichte ist auch eine Krankengeschichte. Immer wieder die gleichen Symptome. Ich bin fünfundzwanzig Jahre alt und erlebe sie zum ersten Mal an eigener Haut. Keine wahnhaften Eifersuchtsanfälle im Film oder in der Literatur, keine Zelluloid-Tränen und keine Buchstaben-Schreie, sondern meine eigene Hölle. Ich bin nicht länger der erstaunte Voyeur, der die Herzkatastrophen der anderen betrachtet und kommentiert, ich bin selbst betroffen.

Klug und wortgewandt läßt es sich über die anerzogene Unsinnigkeit von Besitzansprüchen und Verlustängsten diskutieren, solange sie nicht im eigenen Kopf wüten. Ich muß mein Selbst-Bild korrigieren. Ich verliere die Kontrolle über meine gezüchteten Imperative: Sei gelassen! Sei souverän! Sei verständnisvoll! Sei cool! Sei heiter! Zeige keine Schwäche! Mach dich nicht verletzbar! Steh über den Dingen! Ich falle aus der Rolle. Alles dreht sich um dich, und ich drehe durch. Mit rotgeweinten Augen und tropfender Nase. Mit überschlagender Stimme und panischem Herumgefuchtel. Ich verwandele mich in einen anstrengenden Nervenzusammenbruch. Ich leide mich um Kopf und Kragen.

»Holger bedeutet mir nichts. Das ist nur Sex. Du bist es, den ich liebe«, sagst du, und ich glaube dir, weil ich dir glauben will. Komödie der Liebenden. Die Wiederholung der Wiederholung der Wiederholung. Nur die Namen ändern sich. Holger. Markus. Robert. Lionel. Ratz. Wolf. Oliver. Ich versuche ebenfalls, andere Affairen neben dir zu haben, aber es funktioniert nicht mehr. Der Automatismus ist defekt. Ich bin nicht mehr fähig zu schnellen Sex-Abenteuern. Ich bin dir treu und hysterisch. Deine erotischen Träume bedrohen mich, ich fürchte mich vor den wilden Körpern, die du anbetest, wieder fühle ich mich mager und häßlich. In deinen Phantasien treffe ich Uwe wieder. Fräuleinvolkeralpträume in meiner Mariogegenwart. Weichwiepuddingkomplexe in unseren Nächten. Du bist stolz auf die Veröffentlichung meines ersten Lyrikbandes, du bewunderst mein Theaterstück, du liebst meinen Jungautorenruhm in K., du versäumst keine Premiere, aber du begehrst mich nicht.

»Es fehlt das verzehrende, erotische Moment«, schreibst du in einem Brief an deine Mutter, und ich verliere das Selbstbewußtsein, das ich an deiner Seite gefunden habe. Ich finde mich als würdelosen Schnüffler wieder, der komplexbeladen in deinen Papieren wildert, ich lasse mich selbst zwischen den Zeilen erschlagen. Ich kehre in meine alten Panzer zurück und lerne es wieder, auf der Hut zu sein. Ich werde vorsichtig, ich lasse alle unbequemen Wahrheiten ungesagt, ich richte mich ein in einer künstlichen Gelassenheit, die du attraktiv findest. Du erzählst mir von deinen Affairen, und ich gebe dir Ratschläge und sage intelligente Sätze mit dunkler Stimme. Meine Liebe ist ein Schmerz, an den ich mich gewöhne. Ich lerne die Einsamkeit zu zweit. Die Gartenzwerge umzingeln unser Bett und geben mir schlechte Noten: Eine Sechs für meine Unfähigkeit zu einer reifen Partnerschaft. Eine Sechs für mein krankhaftes Zärtlichkeitsbedürfnis. Eine Sechs für meine neurotische Unselbständigkeit. Eine Sechs für meine infantile Sucht nach Sicherheit und Geborgenheit. Eine Sechs für meine hysterischen Überforderungen. Eine Sechs für meinen mageren, untrainierten Körper, eine Sechs für meine lange Nase.

Und doch, immer wieder nährt uns der magische Nebel der ersten Novembernacht, immer wieder sind du und ich ein wir. Unsere Sexualität ist behutsam und brüderlich, nicht triebhaft und geil, nicht hemmungslos und animalisch, aber vertraut. »Erzähl mir eine Bärengeschichte«, sagst du mit Kinderzimmerstimme, und ich halte dich und flüstere dir die neuesten Abenteuer vom Kleinbär ins Ohr. Vom Kleinbär, der mit Großbär im Wald lebt. Vom Kleinbär, der ein Wildbär ist und sich sowohl in den jungen Fuchs als auch in den hübschen Wolf verliebt. Vom Kleinbär, der in ein gieriges Krokodil verwandelt wird oder aber in einen gefräßigen Knallfrosch. »Und dann kommt Großbär und rettet ihn«, murmelst du und fällst aus meinen Armen in den Schlaf. In unseren Nächten bin ich dein Dichter, dein brüderlicher Geliebter, in unseren Nächten tauschen wir die Vater-Sohn-Rolle. Unsere Spiele, unsere Zeichen, unsere Rituale. Viele Geschichten hat die Kindheit unserer Liebe. In unseren Nächten denke ich nicht darüber nach, ob wir eine neurotische Zwangsverstrickung miteinander teilen oder aber ein glückliches Mißverständnis, in unseren Nächten hält uns das Wunder, an das jede Kindheit glaubt.

Unsere Geschichte ist auch die Geschichte deiner Angst vor dem Diplom. Du jagst durch das Revier der jungen Raubtiere und verschiebst immer wieder den längst fälligen Prüfungstermin. »Delinquenz bei Jugendlichen«, lautet das selbstgewählte Thema deiner Diplomarbeit, aber du studierst jenseits der Lehrbücher und Buchstaben. Sechsundzwanzig Jahre lang hast du funktioniert und erfüllt, was von dir erwartet wurde. Jetzt rebelliert der Rest, den die Dressur noch nicht gefügig gemacht hat. Du wehrst dich gegen die »Regie« und inszenierst verspätet deine eigene Achtzehnjährigkeit gegen das dir vorgeschriebene Programm. »Ich bin schon so alt«, sagst du immer wieder und betrinkst dich mit der Jugend der anderen. Die hanseatische Nüchternheit weicht einem Rausch, in dem du dich entdeckst. Die »Alten Herren« verlieren ihre Macht über dich, und du trittst aus der Verbindung aus.

Nicht länger plapperst du die strammen Sätze der Richter und Rechtsanwälte nach, du suchst deine eigene Sprache. Auch die Monologe deiner ehrgeizigen Mama können dich nicht mehr fangen. Es interessiert dich nicht länger, ob Senator X oder Direktor Y ihr die Hand geküßt haben, du willst andere Kontakte, andere Beziehungen, andere Berührungen.

Mit sechsundzwanzig Jahren erlebst du deine Pubertät. Verwirrt, berauscht und immer wieder bedroht von der Rolle des erwachsenen Mannes, die dir abgefordert wird. Ich verlängere meinen Vertrag beim Jugendtheater und teile mit dir Verdrängung und Verweigerung. Du hast keine Angst mehr, mich in der Öffentlichkeit zu umarmen, und ich bin glücklich, daß du dich zu mir bekennst. Erinnerst du dich an unseren Traum von einem gemeinsamen Theater? Du als Bühnenbildner und geschäftlicher Leiter, ich als Schauspieler und Regisseur, du und ich gemeinsam als Autoren. Wir greifen zu den Sternen und zünden unsere erste Nacht an, immer wieder, fast drei Jahre lang.

Wann fällt der Vorhang über allen Träumen, wann hören wir zum ersten Mal von AIDS, wann wird es dunkel? Die ersten Schlagzeilen können uns nicht treffen und verwunden. Wir glauben nicht alles, was schwarz auf weiß geschrieben steht. Wir sind »kritische Leser«. Die ersten Horrormeldungen von einer »schwulen Pest« stinken nach Pech und Schwefel.

Nach Mittelalter und Inquisition und Hexenjagd. Ein wahnsinniger Cowboypräsident und ein perverser Papst haben sich dieses Katastrophen-Szenarium ausgedacht. Ein katholisches Schauermärchen. Eine amerikanische Gruselgeschichte, vom Micky-Mouse-Puritanismus inspiriert. Eine Kriegserklärung an die sexuelle Revolution. Eine Kriegserklärung an den Arsch und die analen Freuden. Ein perfider Versuch, die schwule Minderheit einzuschüchtern. Ein Land, das die Atombombe erfunden hat, kann auch Aids erfinden. Wir lassen uns nicht in Panik versetzen. Die Journaille hat sich mit den konservativen Politikern verbündet. Die »schwule Pest« ist eine Erfindung der Verklemmten, ein makabres Gerücht allgemeiner Lustfeindlichkeit, die Rache der heterosexuellen Wichser, die die Schwulen hassen, weil sie neidisch sind, weil sie selbst von Orgien in Darkrooms träumen. Jetzt appellieren sie an die finstersten Instinkte. Jetzt wünschen sie unserer Sexualität den Tod herbei. Die Arschficker und Schwanzlutscher sollen das Fürchten lernen. Tod und Teufel all den vielen Tunten und Schwuchteln, die inzwischen viel zu angstfrei durch die Gegend laufen. Tod und Teufel gegen schwules Selbstbewußtsein. Immer wieder der gleiche Terror aus der gleichen Ecke. Früher hieß es drohend: »Onanie macht geisteskrank!« und Generationen holten sich nur zähneklappernd heimlich unter der Decke einen runter, tagelang gepeinigt von Schuld und Angst, jetzt lautet die düstere Botschaft: »Schwuler Sex macht tot!«

Wer sich fürchtet, macht keinen Krach. Wer sich fürchtet, zieht den Schwanz ein und verzichtet auf jedes Aufbegehren. Wer sich fürchtet, ist knetbare Masse, steuerbar, manipulierbar. Wer sich fürchtet, läßt sich unterdrücken. Wir erkennen ihre Strategie, wir sind in unseren Feindbildern gewachsen, ihre Waffen können uns nichts anhaben. Wir werden nicht ängstlich in unserem Ghetto verschwinden, wir lassen uns nicht wieder in die stumme Unsichtbarkeit hineinfürchten. Wir sind klüger geworden in ihren Kriegen. Wir diskutieren. Wir entlarven den Artikel als infame Lüge. Wir sprechen unsere aufkeimende Angst in Grund und Boden.

Eine Krankheit, die vor allem Schwule trifft, kann es nicht geben. Eine Krankheit, die die verquasten Moralvorstellungen des reaktionärsten Politikers bestätigt, ist unvorstellbar. Eine Krankheit, die all denen Recht gibt, die es schon immer geahnt haben, darf es nicht geben. Wir glauben dem Artikel nicht, und es ist der reinste Zufall, daß wir in dieser Nacht allzu intime Berührungen vermeiden.

K. plustert sich auf in störrischer Pausbäckigkeit. Kraftstrotzend und gleichgültig sind die Blonden. Nichts geht unter ihre Haut, die das Solarium schon im Winter bräunt. Ein sicherer Ort. Ansteckend ist die despotische Gesundheit des Nordens, ein bißchen langweilig, aber beruhigend. Die Krankheit ist eine Schlagzeile. Die Krankheit ist eine Lüge. Die Krankheit heißt Amerika. Amerika ist weit weg, Amerika ist anderswo. Wir tauchen unter in unseren hektischen Alltag. Wir stürzen uns in jeden Streß, der sich anbietet. Wir sprechen nicht mehr davon. Etwas, worüber man nicht redet, ist nicht existent. Wir richten uns ein in unserem Elfenbeinturm. Lärmende Aktivitäten gegen das dumpfe Unbehagen, gegen das Schweigen, das zwischen uns wächst. Proben. Premieren. Vorstellungen. Theaterintrigen. Vorlesungen. Referate. Ärger an der Uni. Das Leben geht weiter. Alles ist in Ordnung. Kein Grund zur Besorgnis. Wir schaffen uns harmlose Dramen, fixiert auf die Szenen unserer schwulen Ehe, Streit und Versöhnung, Eifersucht und Beschwichtigungen, wir klammern uns an unsere Rituale, nichts und niemand darf den Honig der Bären vergiften. Nachts halte ich dich in meinen Armen und flüstere dir neue Geschichten ins Ohr. Rghhh und brumm gegen alle Feinde. Goldpfote und Hand auf Bauch gegen alle Tatsachen. Kleinbär und Großbär gegen alle Schlagzeilen. Kinderzimmermagie gegen den Rest der Welt.

Sitzen und starren. Mein Zimmer. Mein Käfig. Meine Nacht. Kein Wunder sprengt die Gitter. Kein Stern leuchtet. Vielleicht wird es nie mehr hell. Vielleicht wird das Telefon nie wieder klingeln. Ich nehme die Dunkelheit an. Die Stille. Das Sofa. Die Risse an den Wänden. Die Spinnweben an der Decke. Das staksige Ikea-Regal. Ich nehme meinen vierunddreißigjährigen Monolog an und höre zu. Ich nehme den Stein an und trage ihn. Mein nächtlicher Detektiv, mein nächtlicher Sisyphus. Vielleicht hat Orpheus die Steine zum Weinen gebracht, vielleicht sind es die Steine, die uns das Weinen lehren. Ohne Bedeutung, ob wir uns für Sieger oder für Verlierer halten. Wir müssen den Stein tragen, solange sie dauert, unsere Geschichte. Jeder ist ein Held, jeder ist ein Narr, jeder ist weise. Mein Zimmer. Meine Nacht. Kein Wunder rettet. Keine Metapher und kein Pathos. Die letzte Zigarette, dann ist auch diese Packung leer, dann ist mein Vorrat erschöpft. Noch einmal mein widerspenstiges Gedächtnis plündern und rückwärts denken. Dem Kalender eine Chronologie abtrotzen, aus den Splittern und Scherben ein Bild fügen, in dem ich mich wiedererkenne. Zurückschauen und den Blick aushalten. Nicht länger in ein Blackout fallen, in dem alles irgendwie dunkel und irgendwie schrecklich ist. Mein Zimmer. Mein nächtliches Tribunal.

Im Juli 84 endet mein Vertrag in K., und ich kehre nach Berlin zurück, um mich arbeitslos zu melden. November 85 erfahre ich, daß ich hiv-positiv bin. Was geschieht in diesen sechzehn Monaten, welche destruktive Kraft treibt mich?

Mit einem leichtsinnigen Optimismus steige ich in den Sommer 84. Alles ist unklar, aber es wird schon weitergehen. Ich bin von schamloser Zuversicht. Eine wundergläubige Untätigkeit läßt die Tage vergehen. Ich habe mich um keine neuen Engagements gekümmert. Habe keine Vorsprechrollen einstudiert und keine Bewerbungen geschrieben. Ich will mich nicht von meiner Agentur nach D. oder O. oder sonstwohin vermitteln lassen. Ich will mit Jan zusammenleben. Das Psychologiestudium fesselt ihn noch mindestens zwei Jahre an K. Der arbeitslose Schauspieler und der ewige Student! Wir können uns unser kleines Luftschloß unter dem Dach nicht länger leisten. Jan zieht in ein möbliertes Zimmer, und ich lande wieder in meiner noch unsanierten Chaoswohnung in der Altenbraker Straße, die ich dank der niedrigen Miete nicht hatte aufgeben müssen. Mein verknautschter Einzimmerkoffer in Berlin. Jan und ich telefonieren täglich. Wir schreiben uns, und ich lerne seine Liebesbriefe auswendig. Mindestens zweimal im Monat sehen wir uns. Ich trampe nach K. Jan trampt nach Berlin. Zweimal im Monat flüchten wir in unser Kinderzimmer. Jan fürchtet sich vor den Anforderungen der Universität. Ich fürchte mich vor dem Leben, das darauf wartet, von mir gestaltet zu werden. Während meiner anstrengenden Schauspielerzeit habe ich zwei Theaterstücke und zwei Lyrikbände geschrieben. Jetzt habe ich Zeit, aber jetzt kann ich nicht schreiben.

September 84 übernehme ich in K. eine unbezahlte Regieassistenz. Ich definiere mich mit wahnhafter Ausschließlichkeit über die Beziehung zu Jan. Ich bin kein Schauspieler. Ich bin kein Autor. Ich bin der Großbär. Ich bin der nächtliche Geschichtenerzähler. Gemeinsam hausen wir in einem Zimmer. Unser »Wunder« leidet unter Platzangst und zieht aus, um sich woanders zu entfalten. Unsere Rituale verlieren ihre Magie und verkommen zu starren Formeln. Wir entfernen uns voneinander auf engstem Raum. Oktober 84 verfällt Jan erneut der Droge Jugend und verliebt sich mit allen Suchterscheinungen in den jungen Hauptdarsteller des Stückes, bei dem ich als Regieassistent mitarbeite. Das schöne Raubtier reißt mir das Großbärenfell vom Leib.

Ich ergebe mich. Ich trenne mich von Jan. Ich verlasse die Produktion. Ich lasse drei Jahre hinter mir.

Ich kehre endgültig in die Wildnis von Berlin zurück. Der Dschungel hat mich wieder. Ich mache da weiter, wo ich aufgehört habe. Ich bin ein durchgedrehter Automatismus, aber es funktioniert. Ich treibe mich rum, ich lasse mich treiben, ich treibe es mit jedem. Ich bin nicht wählerisch. Ich betäube mich mit jedem Körper, der sich anbietet. Inzwischen weiß ich, daß die Aids-Schlagzeile keine Lüge ist. Jeden Tag fallen neue Horrormeldungen über mich her, aber nichts weckt mich aus meiner tödlichen Trance. Julian warnt mich vor der Gefahr, in die ich mit offenen Augen laufe, aber kein Wort erreicht mich. Ich schaue gleichgültig dabei zu, wie ich meinen Verstand verliere. Ich beobachte meinen Wahnsinn und wehre mich nicht. Ich gefährde auch die Freundschaft zu Julian, der meinen selbstmörderischen Leichtsinn nicht erträgt.

Jedes Motorrad auf der Straße liefert meinem Wahn die entsprechende Geräuschkulisse. Ich trauere um ein Phantom, um eine verlorene Utopie von etwas, was ich »Liebe« nannte. Mein Prinz hat mich vom blauen Pferd geworfen, auf den Boden der Tatsachen, feindliches Land, fremdes Terrain. Ich lebe und leide in einer Scheinwelt. Ich bin allergisch gegen die Wirklichkeit. Ich bin meine Mutter. Ich verflüchtige mich in einem permanenten Realitätsverlust, ich verschwinde in einem wunderlosen Nebel. Ich bin fixiert auf eine Phantasie und nenne sie Jan. Wenn sich zwei Männer küssen, möchte ich schreien, aber ich schreie nicht. Julian versucht, mit mir über meine Beziehung zu Jan zu sprechen, aber mein Verstand ist ein vergiftetes Bonbon in einem Tresor. Die Gartenzwerge hüten den Schlüssel. Die Gartenzwerge bewachen den Schatz, meine gesammelten verklebten Wirklichkeitsverzerrungen. Ich funktioniere in einer chronischen Bewußtlosigkeit. Getrieben von einem irrationalen Mechanismus, getrieben von einem tödlichen Strom, in dem ich untergehe. Ich schreie nicht, und ich schieße mir keine Kugel in den Kopf. Ich stürze mich in die Darkrooms und lasse der Dunkelheit Hände und Schwänze wachsen. Ich jage von Klappe zu Klappe. Ich wildere durch die nächtlichen Parks. Ich ficke den Tod, und ich lasse mich von ihm ficken.

Ich bin liebeskrank, aber diese Krankengeschichte hat nichts mit Jan zu tun. Ich kann mich nicht in meinem Liebesunglück verstecken. Mein Unglück bin ICH, was immer auch dieses ICH bedeutet. Mein Unglück ist meine Unfähigkeit, die Verantwortung für meine Geschichte zu übernehmen. Mein Unglück ist, daß ein Dreijähriger meinen erwachsenen Körper beherrscht.

Das, was mich jetzt durch die Tage und Nächte treibt, bin ich. »Ich bin schuld, daß du dich infiziert hast«, wird Jan irgendwann einmal sagen, aber nicht einmal ich bin blind genug, mir die Dinge so einfach zurechtzustricken. Nichts und niemand hätte mich vor mir selbst retten können. Vielleicht dichte ich mir mit dem Wissen dieser Nacht rückwärts einen Todeswunsch herbei, der so deutlich nie existiert hat. Vielleicht mystifiziere ich alles, um dem Wirrwarr meines Lebens eine Ordnung zu geben, die erklärt, was ich nicht verstehe.

Vielleicht ertrage ich den Gedanken nicht, daß ich mir mit meinem Leichtsinn die Schlinge um den Hals gelegt habe. Ich mißtraue den Erkenntnissen dieser Nacht. Ich muß mich damit abfinden, daß diese gefährlichen Monate im Nebel verschwinden. Ich weiß nicht, was in diesen sechzehn Monaten geschieht, ich weiß nicht, warum es geschieht, ich weiß nur, daß diese sechzehn Monate mit meiner Geburt begonnen haben. Im Februar 85 kommt Jan nach Berlin, und ich treffe mich mit ihm in einem Café. Ich habe absichtlich einen neutralen Ort gewählt. Ich nehme mir vor, mich nicht von seinen Zauberworten korrumpieren zu lassen. Ich probiere ein Jetzt-bin-ich-immun-gegen-unsere-Magie-Lächeln. Ich probe eine kleine Komödie, in der ich den vielbegehrten und vielbeschäftigten Künstler zu spielen gedenke. Jan sitzt mir blaß und unrasiert in seinem dicken Winterpullover gegenüber, und ich tue das Gegenteil von all dem, was ich mir vorgenommen habe. Ich umarme ihn, und Jan weint an meiner Schulter. Noch einmal wächst der Novembernebel der ersten Nacht uns zusammen, alle Wunden und alle Wunder. Acht Monate leuchtet unser Stern. Die Zeit brütet schon den November 85 in mir aus, aber wir wissen nichts davon. Wieder dreht sich das Karussell, aber alles hat eine glückliche Geschwindigkeit. Wir telefonieren täglich. Wir schreiben uns. Jan trampt nach Berlin. Ich trampe nach K. Das Glück macht mich kreativ und produktiv. Ich spiele Kabarett am Mehringhoftheater und schreibe ein satirisches Stück mit dem prophetischen Titel »Morgen ist auch kein Tag«.

Erinnerst du dich an unser Stück, das wir beide gemeinsam an einem Off-Theater inszenieren? Du vernachlässigst dein Studium und kommst für sechs Wochen nach Berlin. Wir leben zusammen. Wir arbeiten zusammen. Wir erfüllen uns unseren alten Traum von einem gemeinsamen Theater. Nach der Probe laufen wir wild gestikulierend durch die Nacht. Wir überschütten uns gegenseitig mit neuen Ideen und Einfällen.

Noch einmal mit dir von der Oranienstraße in die Altenbraker Straße laufen, noch einmal diese fröhliche Müdigkeit spüren, die uns in die Bärenhöhle trägt, noch einmal mit dir in einen Schlaf fallen, in dem auch die Alpträume harmlos sind.

Im Oktober 85 hat unser Stück Premiere. »Morgen ist auch kein Tag«. Mein Herz widerspricht dem Titel, heitere Revolte. Morgen ist ein Tag. Morgen sind viele Tage. Immer wieder wird es hell werden zwischen uns, du und ich, beflügelt von unserem Stern. Ich widme den Applaus der Zuschauer an diesem Abend unserer Liebe. Ich habe mich geirrt. Sie ist kein Mißverständnis und auch keine Zwangsverstrikkung. Leichtfüßig geht sie durch die Nacht. Sie ist pure Wirklichkeit, so real wie das stolze Licht in deinen Augen, so wahr wie das Stück, das wir allen Wirrnissen abgerungen haben. Das Publikum klatscht, weil wir uns zueinander bekennen, weil wir uns von keiner Katastrophe einschüchtern lassen. Närrisches, glückliches Pathos! Unbeschwert ist dieser Herbst, golden funkelt unser Oktober.

Mein Geliebter. Mein Gefährte. Mein Partner. Mein Bär. Du bist es, der die taubeneigroßen Lymphknoten unter meinen Achseln entdeckt. »Was hast du da?« fragst du, während wir uns umarmen. Wir beide kennen die Antwort. In jeder Zeitung werden die Symptome ausführlich beschrieben. Nachtschweiß und Durchfall und geschwollene Lymphknoten. Für meine Schweißausbrüche habe ich den Zigarettenkonsum, den Alkohol und die tolldreisten Nächte verantwortlich gemacht. Diese Taubeneier unter meinen Achseln brüten eine andere Nacht aus. »Schon als Kind hatte ich immer eine Neigung zu geschwollenen Lymphknoten«, sage ich, aber ich weiß es besser. Ich habe das Unheil gerufen, mit lauter Stimme, jetzt darf ich mich nicht wundern, daß es antwortet. Ich warte sechs Wochen auf das Testergebnis. Ich warte mit allen Tricks und dem Hokuspokus der Selbstbeschwichtigung. »Mach dir nichts vor. Du bist infiziert«, sage ich zu mir, um dann doch von einem guten Ausgang der Geschichte überrascht zu werden. Geschehen wird, was ich nicht erwarte. Ich denke mir die schlimmste Wirklichkeit herbei und hoffe, daß ich jenseits der gedachten Katastrophe noch einmal davonkomme, daß nicht eintrifft, was jetzt schon so wahrscheinlich ist. Gerade, weil alles für einen Positivbefund spricht, wird das Resultat negativ sein. Ich hoffe, allen dunklen Gewißheiten zum Trotz. Auf einmal wimmelt es in meiner Kindheit von geschwollenen Lymphknoten. Lauter runde Harmlosigkeiten. Die einen neigen zu Krampfadern, andere haben eine Disposition für Hämorrhoiden, und bei mir schwellen immer wieder mal die Lymphknoten, denkt es angstvoll und verlogen unter der Oberfläche meiner düsteren Prognosen. Geschwollene Lymphknoten zeigen eine Entzündung im Körper an. Vielleicht habe ich einen eitrigen Zahn oder irgendeinen anderen läppischen Infekt. Ich sammele fleißig Sätze, die meinen heimlichen Optimismus füttern. »Nicht jeder Sexualkontakt mit einem Virusträger führt zur Ansteckung.« So oder so ähnlich habe ich es in einem Artikel gelesen. Ich warte und klammere mich an die Tatsache, daß ich nie Poppers oder andere stimulierende Sexdrogen zu mir genommen habe. Ist es nicht so, daß Poppers und andere Mittel das Ansteckungsrisiko erhöhen? Ich warte und zitiere immer wieder den Fakt, daß ich nie in Amerika gewesen bin. Jeder weiß, daß die Darkrooms von San Francisco und New York besonders gefährlich sind. Ich erkläre Berlin zur Provinz und seine Darkrooms zu Orten harmloser Vergnügungen. Keine Selbstbeschwichtigung ist mir zu dumm. Ich entdecke einen gierigen Lebenswillen. Am 20. November erfahre ich, daß weder morgen noch sonst irgendwann wieder für mich ein Tag sein wird. Ich falle in meine lange Nacht.

AtV

Band 1122

Christoph Hein
Der fremde Freund

Novelle

224 Seiten
14,90 DM
ISBN 3-7466-1122-9

„Meine undurchlässige Haut ist eine feste Burg", sagt die Ärztin Claudia von sich. Kühl und leidenschaftslos hat sie ihr Leben kalkuliert, es ist so nüchtern wie ihr Einzimmer-Appartement. Die Begegnung mit einem spontanen, risikobereiten Mann und dessen plözlicher Tod irritieren sie nur kurz. Der Panzer sitzt perfekt. Ihr fehlt nichts. Es geht ihr gut.

„Ein Buch, so still, daß man die Schreie hört, die da verschluckt werden."

Rolf Michaelis

AtV

Band 1025 **Christoph Hein**
Der Tangospieler
Erzählung

14,80 DM
206 Seiten
ISBN 3-7466-1025-7

Erzählt wird die Geschichte eines jungen Historikers, der mit 21 Monaten Gefängnis für einen Studentenulk hat büßen müssen. Durch den Knast wird seine Biographie folgerichtig: Dallow ist ein Mensch, der das Gefängnis wittert und der es, als er wirklich darin gesessen hat, endlich sicher zu identifizieren vermag: als das Medium seines Daseins vorher, nachher, immerdar.

Barbara Sichtermann

AtV

Band 1035

Christoph Hein
Horns Ende

Roman

320 Seiten
15,80 DM
ISBN 3-7466-1035-4

„Erinnere dich, du kannst es nicht vergessen haben. Du hast es gesehen. Sprich." Beschwörende Aufforderungen, Rückschau zu halten, die Ereignisse in einem verschlafenen mitteldeutschen Landstädtchen im Jahre 1957 nicht zu vergessen. Nicht nur Thomas erinnert sich, der damals ein Kind war und deshalb alles am genauesten wahrgenommen hat, auch die Erwachsenen reden und lassen nach ihrer Art manches offen über jenen Sommer, in dem die Zigeuner gekommen waren und die Untersuchungskommission vom Bezirk und Horn sich das Leben nahm.

AtV

Band 1014

Hermann Kant
Die Aula

Roman

464 Seiten
17,80 DM
ISBN 3-7466-1014-1

Hermann Kants Roman „Die Aula", in 15 Sprachen übersetzt, zählt zu den Klassikern der DDR-Literatur und gehört zu den Büchern, die man kennen muß: Ein „Geschichts- und Geschichtenbuch" über die Anfänge des anderen deutschen Staates, ohne die man sein Ende nicht zu verstehen vermag.

AtV

Band 1017 **Hermann Kant**

Abspann

Erinnerung an meine Gegenwart

542 Seiten
19,80 DM
ISBN 3-7466-1017-6

„Man schreibt im Schutz von Tatsachen, wenn man von seinem Leben schreibt", behauptet Hermann Kant. Er weiß natürlich, daß er mit seiner Darstellung der Tatsachen provoziert, so wie er stets eine provokante Rolle zwischen den Parteien spielte – als einer der prominentesten Autoren der DDR und als Funktionär, der an entscheidender Stelle in Auseinandersetzungen einbezogen war. Tatsachen aus erster Hand sind also zu erwarten und – wie immer bei Kant – eine heitere, bissige, virtuose Gegenrede.

AtV

Band 121

Helga Schütz
Vorgeschichten oder Schöne Gegend Probstein

Erstmals als Taschenbuch

183 Seiten
14,80 DM
ISBN 3-7466-0131-2

Großvater Heinrich holt Enkelin Jette ins Haus, damit seine Sau nicht zur Hälfte dem Deutschen Reich zugute kommt. Ehe das Ferkel schlachtreif ist, wird der Polenjunge Adam wie ein Apfel vom Baum fallen und Jette ihre Freunde an den Krieg verlieren. Als die Front näherrückt, müssen alle das schlesische Dorf verlassen. Helga Schütz erhielt für diese poetische Geschichte die Ehrengabe zum Gryphius-Preis 1991.

AtV

Band 1028

Helga Schütz
Jette in Dresden

Erstmals als Taschenbuch

240 Seiten
12,90 DM
ISBN 3-7466-1028-1

Juliane Mann aus Probstein, genannt Jette, ist jetzt in Dresden zu Hause. Der Krieg ist vorbei, die Stadt ein Trümmerfeld. Es ist schwer für die Zehnjährige, sich in den Ge- und Verboten der Erwachsenen zurechtzufinden. Niemand hat Zeit für Erklärungen. Warum darf man im Heimatkundeunterricht keine Bienen in Seppelhosen und Wanderhut malen? Warum ist das Hakenkreuz verboten, und warum ist der Weihnachtsmann abgeschafft? Jette muß selbst herausbekommen, was man tun und sagen darf. Sie probiert es: neugierig und voller Phantasie. Manchmal erfindet sie auch die Wahrheit: „Das Meer ist blau! schwindelt Jette.“

AtV

Band 75

Franz Fühmann
Der Mund des Propheten

Späte Erzählungen

Auswahl: Ingrid Prignitz

Originalausgabe

240 Seiten
17,80 DM
ISBN 3-7466-0083-9

Franz Fühmann, einer der bedeutendsten ostdeutschen Autoren, hat die Wende nicht mehr erlebt. Seine späten Texte aber entfalten erst im Lichte jüngster Erfahrungen ihre dichterische Kraft. Die Bilder dieser Erzählungen erwachsen aus dem Leiden an einer zuletzt immer schneller erstarrenden, beschränkten Welt. Nun weiten sie sich zu apokalyptischen Modellen von künftig möglichen Machtstrukturen. Dennoch verleugnet der die Wahrheit suchende Dichter seine Hoffnung auf die Unzerstörbarkeit des einzelnen und der Gattung Mensch nicht.

AtV

Band 139

Franz Fühmann
Zweiundzwanzig Tage oder die Hälfte des Lebens

Erstmals als Taschenbuch

228 Seiten
15,80 DM
ISBN 3-7466-0149-5

Franz Fühmann, fünfzigjährig und in Ost-Berlin zu Hause, hochberühmt und angefeindet von manchen Mächtigen, fährt ins charmante Budapest, dessen pariserischer Glanz jetzt, 1972, etwas verblichen ist. Der Dichter, indem er Unbekanntes und zuweilen Altvertrautes entdeckt, kommt ins Nachdenken über sich und sein Tun in dieser unerbittlichen Zeit, deren Ende für den hochsensiblen schon damals mehr zu fühlen als vorherzusehen ist. Fühmanns Tagebuch-Bericht gehört zum Subtilsten, was DDR-Literatur hervorbrachte.

AtV

Band 120

Günther Weisenborn
Barbaren

Roman einer studentischen Tafelrunde

Erstmals als Taschenbuch

224 Seiten
14,80 DM
ISBN 3-7466-0130-4

Anfang der zwanziger Jahre kommt der junge Borbeeke nach Köln, um zu studieren; er gerät mitten hinein in die Ruhrkämpfe und wird einer der „Männer ohne Jugend. Sie haben Revolver in der Tasche, sie sind gestern Arbeiter gewesen, morgen sind sie es vielleicht wieder. Ihre Röcke sind verwahrlost, aber sie sind zu allem bereit, Landsknecht der Universität, lachende Barbaren ..."
Weisenborns Roman von 1931 trägt autobiographische Züge.

AtV

Band 1031 **Günther Weisenborn**
Das Gesetz der Wildnis

50 Abenteuergeschichten

Auswahl und Nachwort von H. D. Tschörtner

227 Seiten
16,90 DM
ISBN 3-7466-1031-1

Fünfzig Abenteuergeschichten mit allem, was dieses Genre zu bieten hat: Spannung, Exotik, Leidenschaften. Sie handeln zu Wasser und zu Lande, unter Gauchos, Seeleuten, bei Diamantenfischern und Orchideenjägern. Alle diese heimatlosen, verlorenen Männer sind unterwegs nach dem Glück, und sie treffen dabei auf das Gesetz der Wildnis: jenes Gesetz, »das auf jedes Glück eine Bitternis setzt und auf jeden Traum eine Tarantel«.

Egon Günther
Der Pirat

Roman

Erstmals als Taschenbuch

368 Seiten
18,80 DM
ISBN 3-7466-0015-4

Dies ist eine Seeräubergeschichte aus der Hand des bekannten Filmregisseurs Egon Günther. Es geht um die Taten und Untaten eines Mannes, den sie Klaasbroeder nennen. Hinter der Räubergeschichte die anderen Geschichten: von der Liebe zwischen Klaas, dem künftigen Schrecken der Meere, und Anja, seiner russischen Ziehmutter, von der Liebe zu Anjuscha, der Rosenlippigen, zu Freya Olafsdottir, der eiskalten Schönheit mit den goldenen Haaren, zu dem maurischen Mädchen aus Cordoba, zu Hyma, der unberührbaren Häuptlingstochter. Und hinter den Liebesgeschichten jene von Freundschaft und Verrat, von Mord und Treue bis in den Tod.

AtV

Band 109 **Egon Günther**
Der kretische Krieg
Roman

Erstmals als Taschenbuch

432 Seiten
16,80 DM
ISBN 3-7466-0120-7

Timm, durch und durch ziviler Mensch, von Beruf Lehrer, sitzt als Soldat verkleidet in einem Transportflugzeug nach Kreta. Nach endloser Geheimniskrämerei war das Ziel bekanntgegeben worden. Den genauen Ort des Absprunges kannten nur der Pilot und der junge Leutnant, der die Gruppe anführte. Was aber jeder genau wußte, war, daß einige von ihnen in den nächsten Stunden schon, andere dann in den nächsten Tagen sterben mußten. 1957 im Mitteldeutschen Verlag Halle erschienen, ist Egon Günthers Buch mit seinen eigenen Kriegserinnerungen damals einem »mächtigen Herrn« in der DDR unangenehm aufgefallen als »schamloses Pazifismus-Werk«. Damit war sein Schicksal vorerst besiegelt.